최영건

1990년 출생. 연세대학교 국어국문학과를 졸업하고
동 대학원 석사과정에 재학 중이다.
2014년 《문학의 오늘》 신인문학상에 단편소설
「싱크홀」이 당선되며 작품 활동을 시작했다.

공기
도미노

공기
도미노

오늘의 젊은 작가 15

최영건
장편소설

민음사

차례

1장

뜨거운 백차. 햇빛이 하얗다. 긴 오후가 길을 맴돈다. 보온
병. 뚜껑을 여는 창백한 손가락들. 연주는 놀랍도록 손목이 가
늘다. 유월이다. 초여름에도 그녀는 체온이 낮다. 환자처럼 차
갑다. 차를 삼키는 얼굴이 무표정하다. 달가운 일은 하나도 없
다. 귀찮은 일들뿐이다. 너무도 의욕이 없어 졸음이 온다. 4시
51분. 김이 서린 기계식 손목시계. 실버니들 티.

필립 존슨을 좋아하는 모양이다. 백현석이 사는 집은 캘리
포니아의 수정교회를 닮았다. 온통 유리로 번들거린다. 실버
코팅 반사 유리 밑으로 이어진 무수한 백색 파이프들이 눈에
보이는 것 같았다. 주택의 설계에는 현석이 직접 참여했다고
했다. 할머니의 관심을 끈 것은 그런 점들이었을 것이다. 그는

대단한 자산가이기도 했다. 올해 78세의 노인은 연주의 할머니 복자에게 여러모로 좋은 연인이었다. 덕분에 연주의 차는 지금 그의 집 앞에 멈춰 있었다. 그녀는 보온병의 차를 조금 마시고, 시동을 끄고, 밖으로 나섰다.

초인종을 누르고 신원을 밝히자 대문이 열렸다. 정원을 곧게 가로지른 길 끝으로 현관이 보이는 구조였다. 어쩐지 미심쩍은 선택이 아닐 수 없었다. 눈부신 유리 지붕이 보여 주는 20세기적 분위기에 비해 정원의 배치는 왕정 시기의 프랑스를 연상시켰다. 연주는 현석의 취향에 관해 잘 알지 못했다. 몇 번 인사를 나눈 적은 있었지만 서로를 충분히 알 만한 시간은 아니었다.

그녀가 집 안으로 들어갔을 때 그곳엔 아무도 보이지 않았다. 어처구니없을 정도로 침침한 어둠이 거실에 내리깔려 있었다. 유리를 투과한 빛이 철저히 차단된 채였다. 유리 지붕은 콘크리트 지붕 위로 연결된 장식이었던 것이다. 장식은 투명했지만 콘크리트 밑으로 이어진 실내는 어두웠다. 벽에는 창문 하나 없었다.

선생님은 2층에 계세요.

등 뒤에서 목소리가 들려왔다. 동시에 말다툼 소리가 겹쳤다. 복도 안쪽에서 나는 소리였다. 당신이 신경 쓸 문제가 아니라고 했잖아. 이제 그만.

뒤로 돌자 나이 든 여인이 서 있었다. 한 번도 본 적 없는 얼굴이었다. 앞치마를 두르고 있었다. 가사도우미로 보였다. 소리로 짐작건대 안쪽 방에 두 사람이 더 있는 것 같았다. 남녀가 다투고 있었다. 도우미 아주머니의 눈은 유난히 컸다. 그 큰 눈에 과시적으로 느껴질 만큼 노골적인 불안이 어려 있었다. 연주는 고개를 숙여 인사하고 물었다.

곧장 선생님께 올라가 봐도 되나요?

언쟁 중인 것은 현석의 아들 부부인 듯했다. 휴일이었다. 이 시간에 여기 있을 만한 사람은 그들뿐이었다. 연주는 현석의 아들을 교회에서 본 적이 있었다. 먼발치에서였고 딱히 흠잡을 데 없이 평범해 보였다. 그런 이의 사생활에 의도치 않게 끼어들게 되는 것은 꺼림칙한 일이었다.

아주머니는 눈을 깜빡이며 답하기를 망설였다. 그 순간 복도 안쪽에서 벌컥 문이 열렸다. 남자가 모습을 드러냈다. 다투는 소리의 주인공이었다. 40대 초반. 지치고 신경질이 밴 얼굴에 캐주얼 정장 차림이었다. 머리칼이 헝클어져 있었다. 그는 문을 조금 열어 둔 채로 연주를 향해 걸어 나왔다.

오셨네요. 윤 여사님 손녀 분 맞으시죠?

푹 잠긴 목소리였다. 감기라도 걸린 듯했다. 연주가 고개를 숙여 인사를 받았다. 남자는 시선을 피하며 입가를 문질렀다.

아버지가 아직 내려오시질 않았나 보네요. 2층에 계신데.

마른기침을 한 그가 살짝 열린 문 쪽으로 고개를 돌렸다. 방 안의 아내를 불렀다. 손님 오셨어. 좀 나와 봐.

문틈 사이로는 아무것도 보이지 않았다.

아니에요. 괜찮아요.

연주는 무심코 답했다. 남자가 그녀를 돌아보았다.

곧 나올 거예요. 차라도 한잔하고 가세요. 저희 쪽에서 해야 할 일을 굳이 수고해 주시는데.

아뇨. 정말 괜찮아요.

남자가 그녀를 빤히 바라보았다. 뭐라 말을 하려는 듯 입을 열었다가, 그만두었다. 작게 한숨을 삼켰다. 다시 방문을 향해 고개를 돌렸다. 아내에게 소리쳤다.

여보. 손님 계속 기다리시게 할 거야? 뭐해 안 나오고.

무슨 일인데 이 소란이야?

백현석이 나타난 건 그때였다. 연주가 오기를 기다렸던 것인지 그는 외출복 차림이었다. 아버지를 본 원균이 인상을 찌푸렸다. 노인에게 말했다.

손님 오셨는데 위층에만 계시면 어떡해요. 전 지금 나가봐야 하는데. 저녁엔 안 계실 거죠?

습관처럼 덧붙였다.

저 오늘 꽤 늦어요.

저녁에도 없고, 내일도 없을 거야. 앞으론 쭉 거기 있을 거다.

그러시겠죠. 편하신 대로 하세요.

연주는 저도 모르게 숨을 삼켰다. 어떤 표정을 짓고 있어야 하는 것인지 알 수 없었다. 오늘 그녀는 현석이 짐 옮기는 것을 돕기 위해 이곳에 와 있었다. 복자와 그는 동거를 위해 새로 아파트를 장만했고, 연주는 그 결정이 이들 가족에게 갖는 의미를 몰랐다. 노인들의 관계는 누구도 예상치 못한 속도와 형태로 순식간에 발전한 것이었다.

불쾌하게 떠다니는 말들. 원균의 말투는 경직되어 있었다. 가족 간의 분위기가 심상치 않았다. 연주의 할머니가 현석이 이 집을 떠나는 전적인 이유는 아닐지도 모른다. 그러나 계기가 된 것만은 부정할 수 없는 일이었다. 어색한 분위기 속에서 도우미 아주머니가 문득 연주에게 말을 건네 왔다.

차라도 한잔 드릴까요? 아니면 물?

연주는 답을 머뭇거렸다.

물 드릴게요. 밖에 날씨가 참 덥던데.

아주머니의 말을 들은 원균이 연주를 바라보았다. 고개를 끄덕였다. 그렇게 하라는 권유로 보였다. 그의 눈에 웅덩이 속 진흙처럼 피로가 고여 있었다. 연주는 그에게 무심코 옅은 미소를 보냈다. 예의를 지키려는 마음에서였다. 원균이 그녀를 빤히 보다가 힘없이 웃었다. 비스듬히 등을 돌리고 양해를 구하듯 말했다.

잠깐만 계세요. 아내도 곧 나올 겁니다.

그러고는 방으로 사라졌다. 아주머니가 연주를 향해 재차 물었다.

거실에 계실 건가요? 아니면 바로 2층으로 올라가세요?

연주는 대답 대신 계단의 현석을 올려다보았다. 그의 말을 기다렸다. 그러나 노인은 다른 데 정신이 팔린 눈치였다. 아들이 있던 곳에 시선이 멈춰 있었다. 연주는 괜히 좀 초조해져 물었다.

짐은 다 준비되셨어요? 오늘 날씨도 더운데, 피곤하시죠?

어느새 아주머니의 말투가 전염되기라도 한 것 같았다. 노인이 그제야 연주에게로 고개를 돌렸다. 무거운 공기가 답답했다. 초여름 더위 탓만이 아니었다. 집 안에는 밀도 높은 우울이 가득했다. 오래 있으면 절로 몸에 밸 것 같은 신경질적인 불안이 떠돌았다. 그러나 벗어날 수 없는 상황이었다. 해야할 일이 있었다. 연주가 다시 물었다.

지금 올라갈까요?

현석은 말없이 고개를 저었다. 몸을 틀었다. 난간에 손을 얹고서 계단을 내려왔다. 무릎이 좋지 않은지 발판을 딛는 속도가 느렸다. 연주가 가까이 가 그를 부축했다. 노인의 손이 난간 대신 연주의 팔을 붙들었다.

오느라 수고했어요. 날도 더운데. 할머님께 내가 몇 번이나 그럴 필요 없다고 말씀드렸는데도 굳이 고집을 부리셔서.

뼈와 가죽뿐인 것 같은 마른 손이었다. 연주는 팔에 느껴지는 현석의 손아귀 힘에 내심 놀랐다. 손의 악력은 겉보기와 달랐다. 노인은 1층에 와서도 연주의 팔을 놓지 않았다. 무의식적으로 그에 기대고 서서 아주머니에게 물었다.

지금이 몇 시쯤 됐지?

5시 좀 넘었어요. 왜요, 뭐 필요하세요? 물이라도 갖다 드려요?

현석은 대꾸 없이 혀로 마른 입술을 핥았다. 그러다 연주에게 말을 건넸다.

미안해요 김 선생. 바로 나와 봤어야 하는데. 여름 되니 해가 참 기네. 방에서 나갈 채비를 다 하고 있었는데, 밖이 너무 환해서 시간이 이렇게 된 줄 몰랐어.

두 번째였다. 연주는 좀 전 원균에게 그랬던 것처럼, 또 한 번 괜찮다고 답해야 할 것 같은 느낌을 받았다. 팔에 기댄 노인의 손이 점점 더 무거워졌다. 사라진 그의 아들이 마음에 걸렸다. 부부의 방은 아직 조용했지만 언제 또 시끄러워질지 알 수 없었다. 금방이라도 큰 소리가 터져 나올 것 같았다.

원래 이 집에서 선생님 방 채광이 가장 좋아요. 다른 데는 창이 없어서 어두침침한데 거기는 나중에 공사를 따로 다시 했거든요.

아주머니가 느닷없이 말했다. 좀 전 노인의 말을 거드는 설명인 듯했다. 대화에 집중하기 쉽지 않았지만 연주는 성의껏 고개를 끄덕였다.

그런 얘기는 됐고, 물이나 한 잔 가져다 줘요. 아까 그 말 하는 것 같더니 아직도 그냥 있으면 어떡해.

현석이 퉁명스레 끼어들었다. 다시 물 얘기였다. 아주머니의 표정이 멋쩍어졌다. 노인은 아랑곳하지 않았다. 연주를 돌아보고 말을 이었다.

할머니가 혹시 전에 얘기 안 했습니까? 나는 매일 정량으로 물을 마셔요. 인체에 꼭 필요한 게 물이잖아요? 사람이 느끼지 못할 때도 우리 몸은 수분이 부족한 상태일 때가 많아. 그래서 갈증이 없을 때도 물을 꼭 마셔 줘야 돼요. 물이 몸에 참 좋아.

연주가 고개를 끄덕였다.

저도 그 말을 들어본 적 있는 것 같네요.

할머님께 내가 항상 얘기했어요. 아마 여쭤 보면 그 말씀 하실 겁니다. 내가 항상 그 얘길 해 왔다고요. 내가 다리 좀 안 좋은 것 빼고는 몸이 아주 건강한 편인데, 그게 다 평소에 관리를 잘 해서예요.

딱히 으스대거나 훈계하는 어조는 아니었다. 그러나 현석의 말투에는 무언가 평범하지 않은 구석이 있었다. 도우미 아주머니는 아직도 그들 곁에 서 있었다. 현석이 말하는 도중에 등을 돌리기가 어색하기라도 했던 모양이었다. 그녀는 그의 말이 끝나기를 기다려 재빨리 말을 덧붙였다.

선생님이 워낙 예전부터 그런 걸 신경 쓰세요. 그래서 예전에, 아까 말씀드렸던 그 공사할 때, 선생님 방에 따로 화장실까지 만들어 드렸거든요. 다리가 안 좋으셔서 1층까지 다니기 불편하시기도 하고 그래서요. 물을 많이 드시면 아무래도 화장실도 자주 가시고.

무슨 그런 쓸데없는 소리를.

노인이 아주머니를 쳐다보았다. 힐난하는 눈초리였다. 주책없었다는 걸 느낀 듯 아주머니가 웃었다. 어색할수록 말을 참지 못하는 성격인 것 같았다. 아주머니가 조용해진 틈을 타고 안쪽 방의 소리가 들려왔다. 원균 부부가 얘기하는 소리였다. 침묵이 그 소리를 적나라하게 모두의 귓가로 가져왔다.

2층 방으로 바로 갈걸, 내가 괜히 아래로 내려왔어. 김 선생도 바쁠 텐데. 그냥 습관적으로 손님이 오셨구나 하고 내려온 거지.

주의를 돌리려는 듯 현석이 입을 열었다. 혀를 차며 연주에게 기대고 있던 몸을 바로 세웠다.

아무튼 오늘은 고생시켜서 미안해요. 그래, 식사는 했어요? 지금 몇 시라 했었지?

5시 반 좀 못 됐어요.

연주가 휴대폰을 확인했다. 애인에게서 연락이 와 있었다. 메시지 하나. 지금은 좀 바빠. 이따 전화할게. 거기까지 읽는 순간이었다. 복도 안쪽에서 커다란 소리가 튀어나왔다. 여자가 고함을 지르고 있었다. 원균의 목소리가 그에 뒤따랐다.

소음에 겹친 것은 현석의 욕지기였다.

저 미친 연놈들.

노인의 입에서 순식간에 욕설이 뱉어졌다. 더운 숨이 이어졌다. 그가 그런 소릴 할 거란 예상을 조금도 하지 못했던 연주는 당황해 그를 바라보았다. 현석은 개의치 않았다. 일그러진 얼굴로 복도를 노려볼 뿐이었다. 그러다 혼잣말처럼 중얼거렸다.

빌어먹을 집구석인 걸 못 드러내서 안달들이 났지. 손님 와 계신 걸 뻔히 알고도 저 지랄들이야.

연주는 저도 모르게 입을 열었다.

아니, 저는 괜찮아요. 선생님.

이 집 나가기 전에 내가 말 한번 속 시원히 하고 싶어 그래요. 누구 한 사람은 저것들을 혼 좀 내야지. 도대체가 말이야.

현석은 그 말과 함께 무릎을 주무르기 시작했다. 비틀거리며 벽에 기댔다. 연주가 그를 도와 다리를 살폈다. 노인이 손으로 그녀의 어깨를 짚었다.

이게 다 스트레스 때문이에요. 내가 다리가 이렇게까지 안 좋아진 게 사실은 다 저것들 꼴을 지켜보느라 그렇게 된 거라고.

바깥 사정을 눈치채지 못한 듯 방 안의 다툼 소리는 끊이지 않았다. 누구든 이런 내밀한 집안 사정을 들키는 것은 불쾌한 일일 것이다. 앞으로도 현석은 그녀를 만날 때면 오늘 일을 떠올리게 될 터였다. 연주는 그것을 직감했다. 할머니가 처음 이 일을 시켰을 때는 미처 예상하지 못했던 전개였다. 그저 할머니가 원하는 대로 그녀의 체면을 세워 주기에 적절한 처신을 하면 될 거라 생각했다. 그러나 외벽으로 둘러싸인 집 한 채란 마치 목적을 이해할 수 없는 기계와도 같아서 내부로 들어가 연루되기 전까지 정체를 파악할 수 없었다. 계획이 일그러지고 있다는 느낌이 들었다. 보이지 않는 문제들이 겹쳐 좋지 못한 결과를 조형할 것이다. 기이한 작품의 완성. 그리고 계속 흘러가는……

노인은 그녀의 그런 기분을 읽지 못한 듯 한층 더 손아귀에 힘을 실어왔다. 그에 붙들린 어깨가 뻐근해졌다. 그리고 희미한 악취. 노인의 입 냄새.

다리 안 좋단 얘기 한 것도 하루 이틀이 아니야. 그런데 어떤 놈 하나 1층 방을 쓰라는 말 한 번이 없고. 김 선생 내가 부탁하는데, 할머님한테는 이런 얘기 다 하지 말아요. 어차피 숨길 것도 없는 꼴이긴 하지만.

저는 별로 신경 안 써요.

그 말에 현석이 욕설을 멈췄다. 연주를 뚫어져라 바라보았다. 뜻 모를 시선이었다. 머쓱해진 연주가 눈길을 내리 깔았다.

사람 사는 게 다 비슷하잖아요.

동정도 할 만한 인간들한테나 해야지. 감사할 줄도 모르고 불행하게만 살려고 드는 것들한테는 그런 게 오히려 독이에요.

답할 말이 마땅히 떠오르지 않았다. 당황한 연주는 저도 모르게 고개를 끄덕였다. 현석과 복자의 공통점을 발견한 것 같았다. 둘은 똑같이 상대를 숨 막히게 만드는 완고한 눈빛을 갖고 있었다. 결과를 딛고 선택을 반복해 온 사람의 시선이었다. 집념 어린 눈동자. 할머니의 눈. 그것은 연주에게 번번이 자기를 재단하는 기준이었다. 쌓인 세월 때문일까. 그것만은 아니었다. 복자의 가족사는 비극이었다. 연주도 잘 알고 있는 얘기였다.

외동이었던 연주의 어머니는 딸이 아홉 살이 되던 해 남편과 함께 낙석 사고로 세상을 떠났다. 남편마저 일찍 떠나보냈던 복자 곁에 남겨진 것은 손녀뿐이었다. 그 후 복자는 가족의 빈자리로부터 다시 삶을 일궈 냈다. 연주는 외할머니의 눈

에서 종종 그 시간의 자국을 읽었다. 그들에게 삶을 되찾아
준 힘이 무엇이었는지 그 정체를 가늠해 보곤 했다.

손을 뻗으려면 눈앞의 공기를 흩뜨려야 한다. 손을 뻗기 전
의 장면을 부숴야 한다. 연주는 그런 비유적인 표현으로 많은
걸 돌려 말하는 법을 알고 있었다. 시간을 이끄는 힘. 팔다리
를 이끄는 명령문들. 정답 없는 상황을 해결하기 위해서는 자
기 확신이 필요했다. 그것을 갖는 일에, 연주는 매번 서툴렀
다. 지금도 그랬다. 무슨 말을 해야 할까.

목이 탔다. 물을 가지러 간 아주머니는 아직도 돌아오지
않고 있었다. 초조해졌다. 연주는 말을 하려 입을 열었다가,
그냥 다물었다.

돌연 방문이 열린 것은 그때였다. 원균이었다. 퀭한 눈을
한 채, 그는 복도로 걸어 나왔다. 노인이 기다렸다는 듯 아들
에게 쏘아붙였다.

대체 안에서 뭣들 하는 짓이야?

원균이 두 손으로 얼굴을 북북 문질렀다.

이이 오늘 쭉 집에 있을 거예요. 저하고 방금 그 얘기 한
거예요.

낯선 목소리. 원균의 뒤에서 누군가가 걸어 나왔다. 마른
여인이었다. 나이를 가늠할 수 없었다. 원균의 아내이니 아마
그와 비슷한 연령대겠지만 그보다 훨씬 더 연상으로 보이기

도 했다. 기나긴 불화가 본래 제법 아름다웠을 얼굴에 공격적인 인상을 심어 놓은 것 같았다. 기묘한 저택을 완성하는 정교한 오브제 같은 그녀가, 연주에게 다가왔다. 인사를 건넸다.

안녕하세요. 오셨다는 건 들었는데 바로 나와 보질 못했네요. 윤 여사님 손녀 분 맞으시죠. 카페 하신다던.

연주가 고개 숙여 인사를 받았다. 현석의 호통이 이어졌다.

손님 온 걸 알면서도 둘이서 그 추태냐? 소현이 너는 언제까지 그렇게 멋대로.

여인이 시선을 피했다. 태연하게 몸을 돌려 노인을 등지고 섰다. 그것으로 대꾸를 대신했다. 그들 관계에 어울리지 않는 무례한 태도였다. 현석이 말을 멈췄다. 할 말을 잃고 바보스럽게 입을 벌렸다. 소현은 그런 노인이 눈에 들어오지 않는 듯했다. 주방을 향해 아주머니를 불렀다. 원균과 마찬가지로 그녀의 목소리도 잠기고 갈라져 있었다.

아주머니, 손님 오셨는데 아직도 차 한잔 안 드리면 어떡해요! 여기 차라도 내와 주세요!

주방에서 작게 답이 돌아왔다. 알겠다는 말 같기도 하고 죄송하다는 말 같기도 했다. 현석이 소현의 옆얼굴을 소리 없이 노려보았다. 그러다 곤혹스러운 신음을 흘렸다. 그들을 바라보던 원균이 눈을 감았다. 한숨을 내쉬고 눈가를 문질렀다.

견디다 못한 연주가 입을 열었다.

저 때문이라면 신경 안 쓰셔도 괜찮아요.

아뇨. 그럼 저희가 실례죠.

소현이 날카롭게 시선을 맞부딪혀 왔다. 그녀는 남의 말을 자르는 데 익숙한 것 같았다. 연주에겐 어려운 상대였다. 현석에게서 받았던 것과 비슷한 느낌이 들었다. 맞부딪히는 목소리들. 문장 끝의 날카로운 모서리들. 이 가족의 특징이기라도 한 모양이었다. 무슨 얘길 해야 하는 건지 알 수 없었다. 잘못 꺼낸 한마디에 돌아올 대꾸가 두려웠다. 생각이 얼굴에 드러나기라도 한 건지 소현이 연주를 바라보았다.

식사는 하셨어요?

아, 그게.

오자마자 이 소란이라 당황했겠어요. 여기 계속 있지 말고 일단 저쪽으로 가죠. 가서 좀 앉기라도 해요.

소현은 누구의 대답도 기다리지 않고 응접실로 앞서 걸어갔다. 연주는 머뭇거리며 시간을 확인했다. 예상보다 훨씬 일이 지체되고 있었다. 그러나 차마 그 말을 꺼낼 수가 없었다. 자신의 목소리가 이들의 말다툼 속으로 휘말려 들어가는 것이 불편했다.

이곳에 소음은 충분했다. 본래 연주는 무턱대고 자기주장을 내세우지 못하는 편이었다. 숫기가 없었다. 서른이 넘어서도 그 성격만큼은 변함이 없었다. 변하지 못했다. 변해야 한다는 의무감이 괴로웠다.

시간도 이렇게 됐는데 식사하고 가세요.

소현이 말했다. 현석이 황당하다는 듯 그녀에게 고개를 돌렸다. 당장이라도 욕설을 퍼부을 것 같은 표정이었다. 소현에겐 지금 그런 권유를 할 자격이 없다고 따지고 싶은 것 같았다. 연주는 차라리 현석이 딱 잘라 그녀의 제안을 거절해 주길 바랐다. 더는 여기서 시간을 허비하고 싶지 않았다. 수치심이 없는 가족이었다. 그들과 오래 시간을 보낼 예정은 본래 없었다. 이제는 더더욱 말을 섞고 싶지도 않았다. 적당히 상황을 마무리 짓고 계획대로 이 집을 떠날 수 있기를 바랐다.

그러나 현석은 연주를 돕지 않았다. 기색과 달리 소현의 권유를 거들었다.

그래요. 김 선생, 오늘 좋지 않은 꼴만 잔뜩 보였는데 밥이라도 먹고 가요. 내가 신세지는 처지에.

어차피 아버님도 굶고 가실 순 없잖아요? 오늘 나가신다면서요.

현석이 말문이 막힌 듯 소현을 바라보았다. 그러다 연주에게 고개를 돌렸다. 체념한 사람처럼 쓴웃음을 지었다.

오늘 오자마자 아들놈이나 며느리나 안 좋은 모습부터 보여서 내 마음이 너무 안 좋아요, 김 선생. 우리 집안 꼴이 이렇습니다. 그래도 소현이가 다행히 요리는 좀 해요.

소현이, 소현이, 이름 부르지 마세요. 아버지. 손님 앞이잖아요. 그리고 우리 집 요리하는 건 아줌마지 소현이가 아니에요. 다 아시면서 왜 그런 말을 하세요?

　당신이야말로 손님 앞에서 아버님한테 그런 얘기 할 거 뭐 있어? 이름 부르는 게 대수라고. 게다가 요즘 젊은 사람들이 얼마나 개방적인데. 정작 챙겨야 할 건 다 놓치고 살면서 그런 것만 따지고 드는 것도 이상하지.

　소현이 냉소했다. 현석을 쏘아보던 원균이 소현에게로 눈길을 돌렸다. 그는 두 사람 사이에 껴서 어느 쪽에 먼저 화를 내야 할지 몰라 하는 것 같았다. 힘겨워 보였다. 보기 민망할 정도였다. 소현은 그런 남편의 모습에 만족한 것 같았다. 부부는 손님의 심정을 배려할 의도가 없는 게 분명했다. 그렇다고 연주가 할 수 있는 일은 없었다. 눈 둘 곳을 찾으며 맞은편의 원균을 곤혹스럽게 마주하는 게 전부였다.

　연주와 눈이 마주치자 원균은 무책임하게 시선을 내리깔았다. 자조적인 동작이었다. 하고 싶은 말이 지나치게 많아져 결국 침묵하기를 택하게 된 것 같은 인상이 그를 지배하고 있었다. 아주머니가 차를 들고 나타난 것은 그때였다.

　아니 아주머니, 왜 차를 가져옵니까?

　현석이 황당하다는 듯 물었다. 응접실로 들어오는 아주머니의 손에는 찻잔 넷이 놓인 쟁반이 들려 있었다. 노인의 말에 아주머니는 당황해서 차를 조금 엎질렀다.

아까 사모님이 분명.

주눅 든 목소리가 이어졌다. 소현이 그녀의 말을 거들었다.

맞아요. 제가 아까.

물을 달라 했더니. 하, 참.

물도 가져올까요?

아주머니가 눈치 보듯 물었다. 노인이 고개를 저었다. 연주
는 아주머니의 눈빛이 지나치게 초조해 보인다고 생각했다.
커다란 눈. 위화감이 들었다. 어째서 그렇게까지 위축되어 있
는 것인지 알 수 없었다. 처음 봤을 때부터 어쩐지 마음에 걸
리는 구석이 있었다. 무엇일까. 그러나 현석의 가족 중 거기
신경 쓰는 사람은 아무도 없어 보였다. 이들에게는 오로지 자
기 문제밖에는 보이질 않는 것인지도 몰랐다. 아주머니는 조
용히 응접실을 나섰다.

실내는 그다지 덥지 않았지만 그렇다고 서늘하지도 않았
다. 네 사람은 낮은 테이블을 사이에 두고 소파에 앉아 있었
다. 소현은 차를 마시는 내내 원균을 노려보았다. 그러나 원균
은 더 이상의 동요를 보이지 않기로 결심한 것 같았다. 그는
잠자코 차를 마셨다. 침묵을 지켰다. 그 사실에 소현은 모욕
감을 느끼는 것처럼 보였다.

찻잔을 내려놓는 그녀의 마른 손가락들.

아무도 입을 열지 않는 짧은 순간.

실내는 조용했다. 마치 좀 전 방에서의 소란이 연극이었던 것 같을 정도였다. 고요 속에서 소현의 얼굴만이 소리 없이 일그러져 갔다.

그녀가 불쑥 맨발을 테이블 위에 올렸을 때 연주는 놀라지 않았다. 줄곧 그 굳은 표정을 신경 쓰고 있던 까닭이었다. 그러나 원균과 현석은 기겁하는 눈치였다. 숨을 들이쉬고 입을 벌렸다. 지치지도 않고 불안을 지속시키려는 소현에게 기가 질린 기색이었다. 소현 또한 그 반응을 기대했던 모양이었다. 그녀는 태연하게 두 발을 교차시켰다. 소파에 몸을 묻고 머리를 기댔다. 당황한 원균이 물었다.

뭐 하는 거야?

미안해요. 제가 몸이 좀 안 좋아서요. 불편하세요?

소현은 남편 대신 연주를 돌아보았다. 싸늘하게 미소 지었다. 연주는 순간 아무 말도 하지 못했다. 가까스로 헛웃음을 지었다. 어색하게 답했다. 전 상관없어요. 지켜보던 원균이 이죽거렸다.

당신 참 대단해. 대단하다고.

당신 말만 듣고 손님이 착각하겠어요. 대단한 건 내가 아니라 당신이죠. 아버님도 마찬가지시고.

무슨 소릴 하고 싶은 거야?

원균의 얼굴이 달아올랐다. 소현은 대답하지 않았다. 지그시 눈을 감았다. 따뜻한 찻잔을 두 손으로 들었다. 천천히 한 모금 차를 삼켰다. 마주 앉은 현석이 찻잔을 내려놓았다. 할 말을 잃은 듯한 표정으로 며느리를 노려보았다. 소현의 태도는 몹시 당당했다. 과연 그녀가 어떤 사람인지 지켜보는 연주로서는 판단하기 어려울 정도였다. 제정신이 아니라 해도 무방해 보였다.

소현의 눈빛에는 비웃음이 어려 있었다. 상대를 비웃는 것만으로 만족할 수 없어 기갈로 뒤틀리게 된 것 같은 외모를, 그녀는 갖고 있었다. 그리고 그녀를 불행하게 만든 어떤 기억들. 축조했던 자존감과 짊어져 온 역사의 부조화. 그 때문에 소현은 더욱 기괴해 보였다.

이 집 남자들이 그래요. 시아버님이나 남편이나 하여간에 대단한 정력들이지.

자신이 뱉은 말의 효력을 재어 보듯 소현이 침묵에 무게를 실었다. 원균이 못 참겠다는 듯 외쳤다.

아버지 얘기가 거기서 왜 나와. 당신 돌았어?

왜긴. 그 연세에 인생을 새로 시작하겠다는 분이 당신 아버지이신 게 이상해서 그래? 난 이상할 게 하나도 없는데.

지금 손님 계신 거 안 보여?

현석은 한마디 말도 꺼내지 못했다. 소현의 비아냥을 반박

하기는커녕 연주의 얼굴조차 마주하지 못했다. 주름진 그의 뺨이 노기로 붉었다. 노인은 그저 찻잔을 내려다볼 뿐이었다. 입이 닿았던 자리에 남은 차 얼룩. 그게 무슨 기호라도 되는 것처럼 노려보았다.

사과해. 이 여자야. 지금 아버지께 사과드려, 어서. 손님한 테도.

원균이 눈을 부릅떴다. 분위기를 살핀 소현이 어깨를 으쓱 했다. 허리를 꼿꼿이 펴고 자세를 바로 했다.

그래요. 내 입장을 모르는 분이 봐서는 나만 이상한 사람 일 테죠. 그건 나도 알아요. 그래서 윤주 씨한테는 죄송하고.

이 친구 이름은 그게 아니야.

현석이 말했다. 연주가 말을 받았다.

김연주예요.

소현은 잠시 연주를 바라보다가, 차갑게 미소 지었다.

그래요. 연주 씨. 미안해요. 할머님한테 실례가 될 만한 얘 기는 하면 안 됐는데.

저는 두 분 우정이 보기 좋다고 생각해요. 노인 분들이라 고 해서 그렇게 살아서는 안 된다고 생각하지도 않고요.

연주는 되도록 침착하게 소현을 마주하려 했다. 여기서 자 칫 그녀마저 결례를 저질렀다가는 두 집안의 관계가 엉망이 될지도 몰랐다. 소현은 찻잔을 들어올렸다. 눈을 내리깔고 차를 마셨다. 차분히 입을 열었다.

그래요. 나도 그런 걸 걸고넘어질 생각은 아니었어요.

그녀는 한숨을 내쉬듯 웃었다.

사람이 돌아 버리는 거 정말 한순간이네요. 우리 부부 꼴이 우습겠어요. 연주 씨도 결혼할 사람이 있다고 들었던 것 같은데.

저는 아직 딱히.

아뇨.

소현이 고개를 작게 저었다. 찻잔을 내려놓았다.

그게 중요한 건 아니고요. 그냥 제 변명을 하려는 거니까요.

대체 또 무슨 소릴 하려고 그래?

원균이 지쳤다는 듯 중얼거렸다. 잠시 남편을 물끄러미 바라본 소현은, 연주에게 눈길을 돌렸다. 즐기듯이 말했다.

제가 할 말이야 뻔하죠. 제 남편이 바람을 피우고 있거든요. 그런데 본인은 아니라고 발뺌을 하네요. 내가 여기서 이대로 입을 다물면 이 사람은 언제까지고 이런 식이겠죠. 변화라곤 없을 거예요. 그게 나만 미친 사람처럼 보이는 이유예요. 이 집 사람들은 다 그래요. 입만 다물고 있으면 모든 게 그냥, 지나갈 거라고 생각하는 거죠.

원균이 황당하다는 표정을 지었다. 기가 막힌다는 듯 한숨을 뱉었다. 그는 더 이상 할 말이 없어진 것 같았다. 혹은 아무 말도 하기 싫어진 것 같기도 했다. 어찌 되었든 연주와는 무관한 문제였다. 소현은 지금까지 들어줄 사람을 기다려 왔던 것처럼 단숨에 그녀의 감정을 털어놓았고 그것은 연주를 피곤하게 했다.

희미한 두통이 일었다. 쇳내가 났다. 피 냄새였다. 연주는 저도 모르게 입술 안쪽을 상처 나도록 깨물고 있었다. 오랜 버릇이었다. 지치고 곤란할 때면 그녀는 견디기 쉬운 고통이라는 다른 감각으로 도피하고 싶어졌다. 좋지 못한 일에 덜미를 잡혔다는 느낌이 들었다. 좀 전부터 연주는 한 번도 필요한 말을 꺼내지 못하고 있었다. 이 상황을 정리할 흠잡을 데 없는 한마디가 필요했다. 동시에 더는 한마디도 하고 싶지 않을 만큼 피곤했다. 운이 나빴다는 생각만이 반복되었다.

그때였다. 뜬금없이 연주의 휴대폰 벨이 울렸다. 모두가 멈칫하며 그녀를 바라보았다. 복자에게서 걸려 온 전화였다. 연주는 어색하게 전화를 받았다. 소리를 죽여 통화하며 응접실을 나섰다. 소현의 눈길이 그녀의 등 뒤에 따라 붙었다.

할머니에게 딱히 할 말이 있는 것은 아니었다. 이 상황을 전할 수 있는 짧고 적절한 설명은 없었다. 직접 만나고서 나중에 모든 사정을 이야기하는 수밖에 없었다. 연주는 할머니에게 그들이 아직도 이곳에 머물러 있다는 사실만을 전했다.

때마침 집 안으로 들어오던 여학생과 연주가 맞닥뜨린 것은 순전히 우연이었다. 그녀는 보자마자 소녀가 소현의 딸이라는 것을 깨달았다. 무척 닮은 모녀였다. 젊은 시절의 소현을 보게 된 것만 같았다. 창백하지만 아름다웠다. 통화를 마친 연주는 소녀를 향해 인사를 건넸다.

백 선생님 손녀 분 맞죠? 지금 부모님을 뵙던 중이었는데.

소녀가 예의 바르게 고개를 숙였다.

안녕하세요.

둘의 말소리가 응접실까지 들린 것인지 현석이 복도로 나왔다. 소현과 원균 역시 그를 뒤따랐다. 따로 주방에 있던 아주머니까지 나오는 바람에 복도에 온 가족이 모인 꼴이 되었다.

너 왜 지금 들어오니? 학원 안 갔어?

소현이 물었다.

몸이 안 좋아서요.

들어가 봐라.

원균이 끼어들었다. 소현이 남편을 사납게 돌아보았다. 그녀가 뭐라 말하려 입을 열자 그가 혀를 찼다. 인상을 찡그리며 한숨을 내쉬었다.

그럼 뭐, 당신 하는 쓸데없는 소리를 애가 오자마자 다 들었으면 좋겠어?

부부는 서로를 혐오하고 있었다. 원균의 말이 끝나기 무섭게 소현은 코웃음을 쳤다. 시아버지와 남편, 연주까지 차례로 노려본 뒤 등을 돌렸다. 딸을 뒤쫓았다. 원균이 지겹다는 듯 신음했다. 이미 둘 중 누구도 연주가 함께 있다는 사실을 신경 쓰지 않아 보였다. 무례했지만 연주는 어떤 불만도 입에 담지 못했다. 그럴 수 있는 상황이 아니었다. 섣불리 말을 꺼냈다가는 돌아오는 무례에 불쾌해질지도 몰랐다.

기분 나쁜 농담 같았다. 계획대로라면 한참 전에 이 집을 떠났어야 했다. 그런데 아직도 이곳에서 지체하고 있다니 두통이 일었다. 지금이라도 현석에게 이 집을 빠져 나가자고 권하고 싶었다. 그러나 쉬운 일은 아니었다. 연주는 어느새 여기 휘말려 있었다. 예기치 못한 우연이 그녀를 엉망인 상황 속으로 던져 놓은 뒤였다. 그녀가 이곳에서 이들의 사정을 알아나가야 할 이유라곤 없었다. 그러나 지금 누구에게도 그녀의 입장 따위는 중요하지 않았다.

소현은 끝내 딸을 좇아 계단으로 향했다. 더 이상 그 광경을 지켜보고 싶지 않았다. 연주는 응접실로 돌아갔다. 식어 버린 차가 눈에 거슬렸다. 현석이 그녀를 뒤따라 왔다. 노인이 다시 사과를 할 것이라는 예감이 들었다. 뭐라 대꾸해야 할지, 아득했다.

이 손 놔! 왜 잡니 나를, 응? 당신 자식 아니야? 쟤가 내 자식만 맞아?

소현의 외침. 연주는 들리지 않는 척했다.

그만 좀 해라 좀! 애도 지겨워서 저러잖아! 제 엄마 얼굴을 딱 보면 알지! 손님까지 계신데 그 꼴로 있는 너를 보면 걔가 기분이 어떻겠니? 너도 알지? 우리 딸 똑똑하잖아! 어? 너 보면 답이 딱 나올걸? 아니냐?

저 소리를 듣고도 자기 방에 틀어박혀 있는 아이가 대단하다는 생각이 들었다. 노인은 여전히 연주의 등 뒤에 미동 없이 서 있었다. 그가 짓고 있을 표정이 눈에 보이는 듯했다. 그리 긴 시간을 함께한 것도 아닌데 벌써 현석과 그의 가족을 다 알아 버린 것 같았다. 피곤한 일이었다.

당신 정말 그딴 식으로 나올래? 정말 끝까지 가 볼까? 어? 어디서 계집질이나 하는 새끼가!

뭐? 이게 정말 어디서 욕을!

등 뒤의 노인이 돌연 뛰쳐나간 것은 그 순간이었다. 연주가 미처 말릴 새도 없었다. 놀란 그녀가 그를 따라 나갔을 때 현석은 벌써 부부의 코앞이었다. 몸을 던진 노인은 소현의 옆얼굴을 움켜쥐었다. 그녀를 바닥에 내던졌다.

오냐, 내가 우습구나, 미친 것. 네가 나를 얼마나 우습게 보면 손님 앞에서 이 꼴을 보여!

현석이 그녀의 가슴을 걷어찼다. 원균은 말리지 않았다. 난간에 등을 기대고 얼어붙어 있었다. 새파랗게 질려 버린 그의 표정을, 연주는 보았다. 그녀 또한 굳어 있기는 마찬가지였다.

원균이 뒤늦게 아버지를 막았다. 팔로 어깨를 밀어냈다.

아버지! 미쳤어요? 그만하세요! 진정하시라고요!

소현은 헝클어진 머리로 울며 일어났다. 숨을 몰아쉬었다. 원균의 뒤로 밀려난 현석은 세게 발버둥쳤다. 그러다 비명을 터뜨렸다. 두 손으로 무릎을 감쌌다. 원균이 놀라 그를 부축했다. 노인의 다리가 경련하고 있었다. 그저 보고 있을 수 없는 상황이었다. 연주는 계단을 올라 현석에게 향했다. 원균을 도와 그를 바로 앉혔다. 조금 전 노인에게 부여했던 한계와 추측이 새삼스러웠다.

온 집 안에 울려 퍼진 노인의 비명 소리는 가족들을 다시한 곳으로 모았다. 어느 순간부터 보이지 않았던 아주머니가 달려 나왔고 아이도 뒤늦게 모습을 드러냈다. 작지 않은 소리로 우는 소현과 신음하는 현석. 헐떡거림. 말소리들. 연주의 차가운 손과 식은땀. 아이는 그 모든 것들로부터 몇 발짝 떨어진 곳에 멈춰 서 있었다. 그들을 바라보는 그녀의 얼굴은 불길할 정도로 무표정했다.

2장

고양이가 떠 있다. 벽에 붙은 그림은 윤복자가 오랜 기간 공들인 것이다. 그녀는 한번 시작한 그림에 꽤 긴 시간을 투자한다. 그녀에게 시간은 무료할 정도로 많다. 인생의 남은 시간이 충분하다고 느껴지기 때문이 아니다. 하루 종일 별다른 할 일이 없기 때문이다. 까닭에 그녀는 자신이 선택한 일들에 보다 길고 깊게 몰두한다. 긴 호흡. 열의. 탐닉.

벽 한 면을 거의 가린 대형 액자 속에 털이 없는 분홍색 고양이 한 마리가 그려져 있다. 스핑크스 종으로 보이는 고양이는 평온한 눈빛으로 물속에 잠수해 있다. 수면을 비춘 햇빛 덕분인지 금빛으로 반짝거리는 물속에서 고양이는 어떠한 욕구도 갖고 있지 않은 것처럼 보인다. 사람은 없다. 오로지 고양이의 분홍색 살갗과 거기 겹친 햇빛 같은 광선만 빛나고 있을 뿐이다.

어디선가 비슷한 작품을 본 것 같다. 성준은 그곳에서 그 거대한 그림을 볼 때마다 그렇게 생각했다. 처음에는 『로쿠스 솔루스』에 등장했던 어떤 장치를 떠올렸다. 레이몽 루셀. 그러나 그것과는 달랐다. 분홍색 고양이라는 소재나 고양이가 물속에 잠수해 있다는 점은 비슷했지만 그것만으로는 그 소설에서 착안한 그림이라 단정지을 수 없었다. 게다가 윤복자의 그림에는 훌륭하다 할 만한 여타의 작품들에서 찾아보기 어려운 분위기가 두드러지게 나타나 있었다. 그녀가 외부로부터 착상을 얻으려 시도했을 것이라는 추측을 처음부터 봉쇄할 만큼 분명한 인상이었다. 적어도 노인은 그러한 시도를 인정하지 않을 것이다. 고립에 대한 강박으로부터 벗어나지 못해 유치해진 욕망. 자신을 자의적으로 고독에 중독시킨 것 같은 분위기. 물론 그것은 성준이 그 노인을 싫어하기에 갖는 느낌일지도 모른다.

문이 테이블 위에 놓여 있던 담뱃갑을 집었다. 열어서 한 개비를 꺼냈다. 입에 물고 불을 붙였다. 열린 창문을 향해 천천히 연기를 뱉었다. 그녀는 여전히 윗옷을 벗고 있었다. 맨 가슴 위로 불똥이 떨어질까 봐 성준은 괜히 불안했다. 아직은 새벽이라서 사방이 고요했다. 그녀가 연기를 삼키고, 뱉고,

나른한 한숨을 쉬는 소리만 적나라하게 들렸다. 그러다 그에 새소리가 섞였다. 카페 정원에 사는 새들인 것 같았다. 카페에는 특이하게도 정원이 딸려 있었다. 주인이 돈이 많으니 가능한 일이었다. 새소리를 듣던 문이 불쑥 입을 열었다.

사장이 어제도 뭐라 물어보던데. 요즘 뭘 좀 안 것 같아 아무래도.

응? 무슨.

갑자기 대꾸를 하려다 보니 목소리가 잘 나오지 않았다. 성준은 헛기침을 해 목을 풀었다. 문이 눈살을 찌푸렸다. 테이블에 그냥 담뱃재를 털었다. 그렇게 하면 이따 치우기 곤란할 텐데, 그는 그 말을 하려다가 관뒀다. 시선을 돌렸다.

우리 말이야. 눈치채는 거 같던데. 대충.

그랬으면 얘길 했겠지. 가만있는 게 말이 돼?

왜 말이 안 돼.

성준이 슬쩍 고개를 돌려 문을 보았다. 그녀도 그를 보았다. 픽 웃었다.

보통 일이면 그러겠지. 이런 건 또 달라. 눈치를 엄청 봐.

무슨 뜻인지 감이 오질 않았다. 문은 어째서인지 사장을 좀 비웃는 경향이 있었다. 딱히 둘이 충돌하는 일이 잦은 것은 아니었다. 오히려 거의 부딪치지 않았다. 문이 사장을 하시하는 데에는 아르바이트생과 고용주 간의 흔한 갈등 이상의

뭔가가 있었다. 성준은 그것이 아마 자신이 완벽히 이해하기 힘든 그들 둘만의 문제일 것이라고 생각했다. 문은 종종 사장이 평생 자기 뜻 한 번 제대로 펼쳐 보지 못한 가엾은 인간이라고 말하곤 했다.

똑똑한 여자는 살기 피곤해. 지킬 게 너무 많아. 자기 혼자 그렇게 느껴.

문이 테이블에 담배를 눌러 껐다.

자기가 섣불리 뭐 말을 꺼냈다가 노망난 년 취급 받기 싫은 거지. 저 혼자 발정 나서 상상한 꼴이니까. 같은 맥락에서 현장 덮치러 오는 것도 쉽사리 못하는 거고. 실수면 혼자서도 쪽팔릴 거 아냐.

그래서 그냥 둔다고? 우리가 매번 여기서 이러는 걸 알고도?

성준은 텅 빈 카페 3층 내부를 둘러보았다. 철제 가구들과 목재로 지은 내부의 조화가 멋들어졌다. 세련된 인테리어 위로 창백한 햇살이 스며들고 있었다. 아무렴 아르바이트생 둘이서 새벽부터 난장으로 섹스 판을 벌일 거라고는 상상하기 힘든 장소였다. 적어도 정오가 되어 개장하는 순간부터는 그렇게 보일 것이다.

문은 대꾸 없이 웃었다. 헛기침하듯 콜록거리며 코로 계속 웃음을 뱉었다.

그 인간 확증 없이는 무슨 짓 못해. 딱 보면 알아. 안 그랬
으면 내가 너하고 계속 이랬겠어? 여기서?

성준은 반신반의하며 따라 웃었다. 속으로 상상했다. 자기
할머니가 수년을 들여 완성한 그림 앞에서 그들이 엉겨 붙어
있는 광경을, 김연주가 과연 떠올릴 수 있을까. 알아채고도 가
만히 두고 볼 수 있을까.

그가 생각하기에 그녀는 이상할 정도로 존재감이 희박한
사람이었다. 그래서인지 그녀가 느낄 감정의 농도를 측정하기
가 어려웠다. 그녀는 대개 사장이라는 직책 뒤에 가만히 서
있었다. 바다 밑에 가라앉은 폐허의 느낌을 풍겼다. 침몰해 있
었고, 본질적으로 조용했고, 느리게 허물어져 가는 중이었다.
신경질적인 구석은 좀 있었지만 그마저도 무기력한 인상을 더
했다.

무슨 생각 해?

여자 생각.

나?

문이 웃으며 성준의 눈을 응시했다. 핏기 없는 입술 속 조
그만 이들이 새하얗다. 성준은 웃으며 속삭였다.

아니.

그녀가 그를 따라 더욱 활짝 미소 지었다. 고개를 기울여
그에게 입을 맞췄다. 한 손으로 목덜미를 붙들었다. 그러다 천

천히 떨어져 나왔다.

올해 스물여섯 살. 허문은 대학을 졸업하고 음악을 한다며 반 백수 생활 중이었다. 보컬이지만 드럼도 잘 쳤다. 뭐든 때리는 건 다 잘한다는 농담을 즐겼다. 어렸을 때는 동네 개들과 싸우고 다녔다고도 했다. 흉터도 있었다. 엉덩이와 허벅지에 거칠게 찢긴 개 발톱 자국이 남아 있었다. 그밖에도 온 몸 곳곳이 크고 작은 흉터투성이였다.

최근 문은 한 가지 계획을 세웠다고 했다. 자금을 모아 적당한 대학원을 갈 생각인 것 같았다. 배우고 싶다는 것은 사진이었다. 셔터를 누르는 것도 폭력이야. 때리는 건 다 잘하지 내가. 성준은 그 말 또한 반신반의하며 들었다. 혼자 힘으로 돈을 모을 거란 말이 미심쩍었다. 문의 집은 연주만큼은 아니어도 제법 잘 사는 편이었다. 성준만이 생계를 위해 일했다.

그래도 생각했어.

뭘?

뜬금없이 문이 진지한 표정을 지었다. 허공을 보며 입술을 새 부리처럼 모아 내밀었다. 한참을 그러고 있다가 입을 뗐다.

걸리면 뒈지겠지.

뭘 뒈져 또.

그 여자는 그럴 거야. 나한테 복수할 거야.

왜 나는 빼?

아냐. 너랑은 달라.

문은 진지했다. 진심으로 뭔가를 생각해서, 기억하고, 말로 그것을 전하려 하고 있었다. 대화라도 시작할 기미였다.

예전에 내가 사장이랑 알게 된 지 얼마 안 돼서 그랬어. 언니라고 불러도 되냐고. 연주 언니. 나이 차이도 별로 안 나니까, 어차피 길게 일할 생각으로 들어온 거기도 하니까, 언니라고 하면 안 되냐고. 그날 우리 둘이서 마지막까지 남아서 노인네 그림들 정리도 좀 하고 그러고 있었거든.

성준이 잠깐 생각해 보고 물었다.

나 들어오기 전이야?

그럴걸. 그럴 거야. 맞아. 너 전에 누구 또 있긴 했는데 그쪽은 금방 나갔고. 애초에 그럴 거 같아서 그렇게 친하지도 않았어. 아무튼 그때 내가 그렇게 물었거든. 나이 차이가 다섯 살인데 그냥 언니 같다고. 근데 그때 표정이 참 그렇더라고.

어땠는데?

문이 미간을 찡그렸다. 애매하게 웃으며 중얼거렸다.

좀 겁먹은 거 같았지.

성준이 그녀를 빤히 보았다. 얼굴 옆선의 굴곡이 보기 좋았다. 소년처럼 짧게 잘린 검은 머리칼과 우뚝한 코, 두툼한 입술, 그 위로 번진 햇살.

그때 알겠더라. 내가 원래 그런 데 파악이 좀 되잖아, 빠르고. 뭘 무서워하는 사람을 보면 금방 안단 말이야. 근데 그 사람도 알았을 거야. 내가 뭘 좀 알았다는 걸. 그러니까 기분이 나빴을 거고. 신경이 계속 쓰이지. 그런 건, 좀.

그 말을 하고서 문은 두 대째 담배를 피웠다. 성준도 따라서 한 개비를 꺼냈다. 둘은 조용히 담배만 피웠다. 새소리가 다시 들려왔다. 날이 밝아오고 있었다. 불현듯 성준의 휴대폰 알람이 울렸다. 아침 7시. 그와 그녀는 보통 대여섯 시면 이곳으로 온다. 마감 시간대에 일하는 성준이 열쇠를 가지고 있었기에 들어오는 일은 어렵지 않았다. 카페 2층과 3층에는 별다른 CCTV가 없었다. 1층 역시 커피 머신과 주방, 포스기를 찍는 카메라뿐이었다. 입구와 계단은 찍히지 않았다. 둘은 별 어려움 없이 빈 건물에 드나들었다.

처음 그 계획을 짜게 된 계기는 우연한 것이었다. 같이 일하며 친해진 둘은 어느 날 폐장 시간이 돼서도 가게에 남아 술을 마셨다. 그날 역시 사장이 둘 중 하나에게 가게 문 닫는 일을 맡긴 날이었다. 부유하게 자란 탓인지 사장은 그런 일에 묘하게 허술한 경향이 있었다. 술을 마시던 둘은 어느 순간 새벽이라는 시간이 그들에게 온전히 그 공간을 개방해 주었다는 것을 깨달았다. 그 후로는 모든 일이 쉽게 진행되었다.

섹스 후 잡담하며 담배를 피우는 시간은 즐거웠다. 둘은 여느 때와 다름없이 적당히 느슨해져 있었다. 약간 자유롭다고 느껴졌다. 성준은 문이 한 얘기에 대해 다시 생각해 보았다. 그는 타인의 관계를 정확히 이해할 수 없었다. 한눈에 파악할 수 없는 설계도 같았다. 그러나 그는 문에게 그 이상 무언가를 질문하지 않았다. 어차피 그런 문제는 설명을 들어도 변화가 없기 마련이었다.

문 또한 생각에 잠겨 있었다. 그녀도 연주에 대해 생각 중이었다. 사장은 최근 곤란한 문제가 있어 보였다. 성준에게는 거기까지 설명하지 않았지만 연애 문제인 것 같았다. 문은 사실 그런 일에 놀랄 만큼 비상한 편이었다. 지나가는 행인의 얼굴만 한 번 보고서도 그가 애인이 있는지 없는지 알 수 있었다. 섹스의 냄새를 맡을 수 있었다. 취향까지도 파악이 가능했다. 그거야말로 그녀에게 주어진 진정한 재능이었다. 남들에게 공식적으로 밝힐 수 없다는 것이 아쉬울 정도였다. 그리고 그녀가 보기에 사장은 전형적인 문제를 앓고 있었다. 사랑, 결혼, 지속되는 관계, 독이 되어 가는 자존심.

아래층에서 돌연 소리가 들려오기 전까지 문과 성준은 각자 말없이 생각에 잠겨 있었다. 그러다 어느 순간 둘은 동시에 화들짝 놀라 얼어붙었다. 계단을 통해 소리가 전해져 왔다. 1층에서 나는 소리인 것 같았다. 계단의 중심을 이루는 원형 기둥과 철제 난간의 가느다란 창살들. 바닥들과 벽들. 그 너머에서 연주의 목소리가 들려오고 있었다.

저도 늘 한가한 건 아니에요. 아시잖아요.

기분 문제라고 몇 번 얘기 하니, 기분이 그렇다고. 나라고 너한테 미안한 마음이 없을까. 두고 봐서 아침에 바쁜 거 같으면 그냥 관두려고 했지. 원래는 그럴 생각이었는데.

연주와 함께 있는 것은 복자였다. 평소에 비해 한층 더 격양되어 있기는 했지만 복자의 목소리가 분명했다.

노인은 원래도 종종 카페에 들르곤 했다. 아르바이트생들은 그때마다 그녀에게 깍듯하게 인사했다. 음료수나 케이크를 대접하기도 했다. 그렇다고 진심으로 복자의 방문을 반기는 사람은 없었다. 카페 안에는 층마다 여러 점 윤복자의 그림들이 걸려 있었다. 미처 전시되지 못한 그림들은 계단 끝 화장실 앞쪽에 쌓였다. 소품들이 있는가 하면 3층 벽면을 차지한 고양이 그림처럼 크기가 상당한 작품도 있었다. 아르바이트생들은 카페 청소를 하며 그것들 전부를 관리해야만 했다. 노인은 부유했고, 잔소리가 많았으며, 잊을 만하면 새 작품을 들고 왔다. 아무도 그녀를 좋아하지 않았다.

복자는 이번에도 그들을 궁지로 몰아넣는 역할을 한 것 같았다. 그녀가 연주를 아침부터 이곳에 끌고 온 것이 틀림없었다. 그렇지 않았다면 연주가 이 시각에 여기 나타날 리 없었다. 대체 이번에는 무슨 이유로 붙들려 온 것일까. 성준과 문은 굳어 버린 채 어떤 생각도 제대로 하지 못했다. 잠입을 계

획한 이후 종종 위험한 가정들과 긴장감이 그들을 자극하기
는 했었다. 그러나 현실은 사뭇 달랐다. 우스울 정도로 아찔
했다. 문이 입에 물고 있던 담배를 손으로 옮겼다. 연기를 길
게 뱉었다. 그녀의 입가에 서서히 야릇한 미소가 번졌다.

미쳤어? 왜 웃어?

성준이 속삭였다. 그는 무심코 엄지를 물어뜯었다. 상황을
지켜보는 것밖에는 방법이 없었다. 다행히 연주와 복자는 서
로 얘기를 나누느라 3층의 인기척을 전혀 느끼지 못하고 있
는 것 같았다. 그렇다 해도 연주라면 방범 시스템이 해제되어
있는 것을 보고 석연치 않은 점을 느꼈을 것이다. 성준은 문
을 노려보았다. 그녀는 이를 드러내고 소리 없이 웃고 있었다.

미치겠다.

문이 나직이 중얼거렸다. 그를 돌아보고 속삭였다.

우리 어떡하지? 갇힌 거 같은데.

올라오지나 않기를 빌어. 올라오면 우린 끝이야.

계속 있을 거면 어쩌게?

성준은 답하지 못했다. 따라 웃지도 못했다. 문은 담배를
끄고 손으로 자기 머리칼을 헝클었다. 소리를 죽여 느릿느릿
소파에 뒷목을 기댔다.

미친…… 진짜 미친…….

소리 낮춰, 들려.

아…… 어쩌냐…….

문은 계속 소리 없이 웃었다. 아래층에서 연주의 목소리가
이어졌다. 복자와 다투는 중인 듯했다. 얼핏 듣기엔 그랬다.
뭔가 묵직한 것들이 바닥에 부딪히는 소리가 들렸다. 액자 같
았다.

뭐야, 또 그림 가져온 거야? 이 아침에?

문이 눈을 동그랗게 떴다. 성준도 쓴웃음을 지었다. 설마
했지만 정말 그렇다니 어이가 없었다. 그가 보기에 복자는 한
가로운 노인이었다. 하루 종일 바쁜 일이라곤 없었다. 그런데
도 아침부터 손녀에게 이런 일을 시키다니 새삼 대단했다. 복
자는 늘 제멋대로였다. 손녀를 멋대로 휘두르려 들었다. 연주
만이 아니었다. 무엇이든 자기 맘에 들게 만들어야 직성이 풀
렸다. 자기가 대단히 옳다고 믿고 있는 것 같았다. 아니면 당
연히 대우받아야 한다고 믿고 있는 것일지도 모른다.

뭐가 정확한지 알 수 없었지만 알고 싶지도 않았다. 성준은
그의 혐오를 분석해 보려 하지 않았다. 그에겐 그것 말고도
생각해야 할 다른 많은 일들이 있었다. 그래서 그는 늘 이유
들을 뭉뚱그린 모호한 혐오만을 감지했다. 그 혐오는 발을 딛
고 있는 장소나 손을 잡고 있는 사람을 느닷없이 갈아치우고
싶을 때 드는 모호한 분노와 닮아 있었다. 조금은 그랬다.

정말 지금 그림 걸려나 봐. 그래서 온 거 같은데.

문이 속삭였다. 성준은 욕을 뱉었다.

야 시발, 그림 올리오는 거 아냐?

1층에 자리가 있던가?

문이 그를 힐끗 보며 물었다.

없지.

아침부터 저 인간들도 제정신이 아니다.

성준이 낮게 욕을 뇌까렸다.

시발 별…….

욕을 왜 네가 해, 여기가 네 거냐?

문이 좀 더 크게 웃었다. 성준이 얼른 주의를 줬다. 이를 악 물며 속삭였다.

소리 낮추라고 좀!

겁먹기는…….

문이 손을 뻗어 성준의 뺨을 툭 쳤다. 그는 짜증스럽게 그녀를 노려보았다. 그러나 그 이상 뭐라 말을 잇지는 못했다. 문은 그럴 때 상대가 화를 낼수록 더더욱 짓궂어지는 경향이 있었다. 게다가 아래층의 기척이 심상치 않았다. 언제나처럼 연주의 음색이 차분해져 가고 있었다. 그녀가 차분해져 간다는 것은 곧 체념해 가고 있다는 의미와 같았다. 윤복자의 바람대로 일이 진행 중이라는 뜻이었다. 문도 그것을 느낀 듯했다.

와 미친, 진짜 올라오나 본데?

문이 눈을 크게 떴다. 상황을 즐기기라도 하듯 웃음을 터뜨렸다. 신음처럼 숨을 내쉬는 두꺼운 입술. 그녀는 장난스러운 태도로 자기 입을 가리고 놀란 시늉을 해 보였다. 긴장으로 날선 웃음소리를 숨기지 않았다. 때마침 아래서 발소리가 들렸다.

시끄럽다고!

당황한 성준은 화를 내며 그녀를 제지했다. 손으로 목을 밀쳐 머리를 소파로 밀어붙였다. 문의 옆얼굴이 소파 위로 짓눌렸다. 그녀가 더더욱 놀란 시늉을 해 보였다. 정말로 놀란 것 같지는 않았다. 모든 게 우습기라도 한 모양이었다. 성준은 얼굴을 일그러뜨리고 뇌까렸다.

너는 잘려도 괜찮겠지만 나는 끝이야. 이런 일로 잘리면 학교에까지 알려질 수도 있다고.

그제야 문이 성준을 바라보았다. 눈을 깜빡였다. 미묘하게 얼굴을 굳혔다.

성준은 그 말을 끝으로 입을 다물었다. 스스로 뱉은 말을 수습이라도 하듯 맥없이 주위를 둘러보았다. 테이블 위로 담뱃재가 흐트러져 있었다. 일탈의 상징이던 그 모양새가 꼴사납게 느껴졌다. 사방에서 악취가 풍기는 것 같았다. 그는 어찌할 바를 모르고 눈앞의 광경을 참담하게 응시했다.

계단에서 쿵쿵거리는 소리가 들려오고 있었다. 그림들을

옮기는 소리 같았다. 윤복자가 투덜거리는 소리도 전해져 왔다. 그녀는 평소와 다름없이 수다스러웠다. 그처럼 끊임없이 문장들을 생각해 낼 수 있다는 것이 놀라울 정도였다. 그것도 하나같이 옳은 말들을. 이전의 문장을 흠잡을 수 없게 만드는 완고한 연쇄만을.

창문으로 뛰자, 어때?

문이 입을 연 것은 그때였다. 성준이 그 말뜻을 이해하기도 전에, 그녀는 자세를 바로 했다. 브래지어에 몸통을 끼워 넣었다. 티셔츠를 입었다. 문의 눈빛은 진지해져 있었다. 조금 전과는 분위기가 달랐다. 그것을 느낀 성준이 그녀를 바라보았다. 무언가 말하려다가 그만두었다. 말을 아끼듯 마른침을 삼켰다.

야, 들어 봐.

그때 문이 다시 속삭였다. 검지를 허공으로 치켜세웠다. 아래를 가리켰다.

2층이다.

계단의 발소리들이 2층에 멈춰 있었다.

가려면 지금뿐이야.

2층에 계속 있을 수도 있잖아.

안 그럴지도 모르지.

문이 손가락을 까딱거렸다.

올라올 수도 있어. 그땐 늦어.

이걸 다 치우고 가려면 어차피 늦어. 들키고도 남아.

치울 게 뭐 있어.

성준이 입을 멍하니 벌렸다. 뭐라 대꾸할 말을 찾으려는 듯 눈을 깜빡거렸다. 그사이 문은 자리에서 벌떡 일어났다. 발소리를 죽여 조심스럽게 테라스로 다가갔다. 창가에는 눈부시게 밝은 빛이 가득했다. 공중에 뜬 먼지가 하얗게 반짝였다. 창밖에 서 있는 것은 키 큰 호두나무였다. 문은 침착하게 나무를 살폈다. 성준이 일어나 그녀에게로 다가갔다.

저기로 건너가는 거야.

문이 손을 뻗어 나무를 가리켰다. 성준은 반사적으로 답했다.

안 돼. 못 해.

할 수 있어.

떨어지면 크게 다칠 게 뻔했다. 그는 한숨을 삼켰다. 느닷없이 담배가 피우고 싶었다. 그럴 상황이 아니었기에 그는 입술을 깨물며 창밖을 내다보았다. 고개를 숙이자 턱없이 먼 바닥이 보였다.

벽을 타면 돼. 조금만 가면 훨씬 쉬워.

문은 얼핏 신나 보이기까지 했다. 그녀는 스물셋인 성준보다 세 살 위였다. 그런데도 지금은 훨씬 더 어린애 같은 꼴이었다. 얼굴에 미소가 가득했다. 두 눈이 흥분으로 빛났다. 기가 막힐 정도였다. 어쩌면 문은 지금까지 정말 크게 상처 입어 본 적이 없는지도 몰랐다. 너무도 당연하게 보호받아 온 삶. 그러니 사고를 두려워하지 않는 것은 아닐까. 평소 잊고 있던 의문이 갑자기 떠올랐다. 그러나 지금 그런 생각은 사치였다. 성준은 마지못해 그녀가 가리키는 쪽으로 눈을 돌렸다.

저길 어떻게 가.

문이 미소 지었다.

갈 수 있어.

성준은 무언가 말을 하려고 입을 열었다가, 머뭇거렸다. 그 순간 아래층에서 커다란 소리가 들려왔다. 뭔가가 추락하는 소리였다. 파열음도 섞여 있었다. 노인이 비명을 내질렀다. 연주의 말소리가 뒤따랐다. 요란스러웠다. 액자를 떨어트린 듯했다. 노인이 또 육중한 액자를 가져온 모양이었다. 둘이서 액자를 벽에 거느라 애쓰고 있는 것 같았다.

지금 가자.

문이 재촉했다.

지금이야.

기다려 봐, 아래 소리 좀 듣고. 잠깐만.

그러나 그녀는 듣지 않았다. 그의 만류를 뿌리치고 먼저 몸을 내밀었다. 테라스 난간 밖으로 다리를 걸쳤다. 벽을 따라 튀어나온 기다란 장식으로 발을 내딛었다. 그러다가 잠시 망설이며 발을 거뒀다. 다시 테라스 안쪽으로 돌아왔다.

그러게 하지 말라니까.

그녀는 성준의 말을 못 들은 척했다. 잽싸게 샌들을 벗었다. 두 짝 다 벗어 정원 담벼락 너머로 힘껏 던졌다. 요령이 좋았는지 샌들은 두 짝 모두 포물선을 그리며 담 너머로 날아갔다.

미쳤어?

성준이 소리 낮춰 외쳤다.

어차피 안 들려. 밑에서 지금 바쁘잖아.

그래도 그게 무슨.

그녀는 이번에도 그의 말을 다 듣지 않았다. 발바닥을 바닥에 문질러 땀을 닦고 다시 난간 밖으로 다리를 뻗었다. 맨발로 암벽의 외길 같은 장식용 난간 위를 디뎠다.

조심해, 제발 조심해.

성준이 속삭였다. 문이 웃었다. 벽에 찰싹 붙었다. 등을 벽에 대고 두 팔을 넓게 벌려 무게 중심을 뒤쪽에 둔 채 이동했다. 몇 발짝을 옆으로 기어가 벽에 닿은 나뭇가지 앞까지 다다랐다. 잎사귀들이 문의 허벅지를 가렸다. 그녀는 뒷머리를 벽에 대고 신중하게 무릎을 굽혔다. 한 손으로 난간을 붙든 채 다른 손으로 나뭇가지를 잡았다. 가지는 다행히 튼튼했다.

제발, 조심해.

성준은 그녀가 떨어질 거라고 생각했다. 무심코 그렇게 상상해 버렸다. 떨어지고 난 뒤에는 무슨 일이 벌어질지 알 수 없었다. 상상은 허공에서 멈췄다. 그녀가 떨어진다면 일은 더욱 커질 것이다. 아무도 책임질 수 없어질 것이다. 연주도 복자도 성준 자신도 어찌할 수 없는 일이 되어 버릴 것이다. 그런 일에 대해서는 생각하고 싶지 않았다. 생각을 멈추는 것이야말로 그의 오랜 특기였다.

조심해.

그는 떨리는 목소리로 한 번 더 중얼거렸다. 그 순간 문이 도약했다. 나뭇가지를 붙들어 균형을 잡으며 가볍게 착지했다. 보다 굵은 가지 쪽으로 이동했다. 놀랄 만큼 소리가 적었다. 그녀의 맨발은 민첩하게 움직였다. 문은 온 몸으로 나무를 껴안았다. 그때 아래서 다시 발걸음 소리가 들렸다. 이번에는 사장의 음성도 훨씬 더 또렷했다. 그들은 계단을 올라오고 있었다.

제 입장도 좀 생각해 보세요. 할머니 생각이랑 제 생각이 다르다고 무조건 제 쪽이 잘못된 건 아니잖아요. 저도 제 방식이란 게 있어요. 그걸 왜 가만 두질 못하시냐고요.

너 혼자 사는 세상이 아닌데 어떻게 그냥 가만 둘 수 있어. 성경책처럼 옳은 건 옳은 거고 그른 건 그른 거다, 그렇게 명확히 구분 지어 가면서 사는 게 인생인 줄 알아? 어떤 상황에서든 너만 옳으면 네 방식 지켜 가면서 그렇게 살 수 있을 것 같아?

그런 뜻이 아니잖아요.

둘의 대화는 얼핏 심각하게 들렸다. 그러나 성준은 그 대화의 내용을 이해할 수 없었다. 긴장감. 공포. 그런 단어들이 떠오르는 동시에 흐려졌다. 그는 굳은 얼굴로 문을 바라보았다. 그녀는 이제 꽤나 안정적인 자세로 앉아 있었다. 더는 그를 재촉하지 않았다. 두 다리로 가지를 껴안은 채였다. 그녀의 눈길은 성준을 향해 있었다. 붙잡히고 싶지 않다면 이 순간을 버텨 내야 했다. 눈앞이 어지러웠다. 일순간 문이 미소 지었다. 성준은 앞으로 달려 나갔다. 난간을 뛰어넘어 문이 갔던 길을 뒤따랐다. 나무 쪽으로 뛰었다. 있는 힘껏 가지를 붙잡았다. 아무렇게나 발을 내딛었다.

발에 무언가 닿았다고 느낀 순간 심한 고통이 느껴졌다. 나뭇가지가 그의 발목을 찌르고 있었다. 고통스러웠다. 문이 그를 껴안았다. 성준은 혀를 깨물었다.

시발…….

비릿한 피 맛이 느껴졌다. 욕설을 들은 문이 작게 웃었다.

미친…….

그때였다. 가지가 우지끈 소리를 냈다. 성준의 눈이 커졌다. 문의 얼굴이 일그러졌다. 일그러져서도 웃는 것처럼 보이는 표정. 성준이 신음했다. 그는 서둘러 자세를 고쳤다. 사방을 두리번거렸다. 그들을 둘러싼 잎과 가지 들이 불길했다. 문이 채근했다.

내려가야 돼, 빨리 내려가야 돼.

조용히, 입 좀 다물어.

빨리, 빨리!

그녀가 소리 죽여 낄낄댔다.

웃긴다, 미쳐, 이러다 죽겠어.

잎사귀들이 사정없이 소음을 만들어 냈다. 연주가 알아채고도 남을 만한 소리로 느껴졌다. 성준은 정신없이 가지를 껴안고 아래로 발을 내딛었다. 밑을 내려다볼 만한 여유가 없었다. 더는 아무 소리도 들리지 않았다. 문이 이를 드러내고 미소 지었다. 흔들리는 성준의 정수리를 보며 자신도 발을 아래로 뻗었다. 성준은 멈추지 않고 밑으로 발을 옮겼다. 바닥이 가까워지자 그는 숨도 쉬지 않고 뛰어 내렸다. 정원의 나무 바닥재 위로 착지했다.

잘했어.

문이 웃으며 속삭였다. 성준은 초점을 잃은 눈으로 그녀를 올려다보았다. 그러다 깜짝 놀랐다. 문은 뛰어내릴 것 같은 자세를 취하고 있었다. 성준은 당황해 속삭였다.

미쳤어? 안 돼.

난 더는 못 내려가. 발을 다쳤어. 못 가.

다시 보니 그녀의 맨발에서 피가 흐르고 있었다. 그가 질색을 했다. 문이 그 표정을 빤히 바라보았다. 그러고는 잠시 뭔가를 생각하다가 다시 활짝 웃었다. 두 팔에 힘을 실었다. 나무에서 자기 몸을 힘껏 밀어냈다. 순식간이었다. 중력이 그녀를 압도했다. 그녀에게 밀려난 성준이 넘어지며 곁의 테이블을 쓰러뜨렸다. 사람과 사물이 함께 넘어졌다. 커다란 소리가 울려 퍼졌다.

연주는 그 소리에 놀라 고개를 들었다. 긴장으로 표정을 굳혔다. 뭔가가 쓰러지는 소리가 분명했다. 그녀는 무심코 사방을 돌아보았다. 자신을 향한 보이지 않는 적의를 감지했다. 귓가를 맴도는 커다란 소리는 희미한 두통으로 이어졌다. 소음. 충격. 그러나 눈에 보이는 모든 것은 그대로였다.

밖이야. 바깥쪽이야.

복자가 중얼거렸다. 그녀 역시 놀라 있었다. 노인은 날카로운 눈으로 정원이 있는 방향을 노려보았다. 이어지는 소리는 없었다. 아무 일도 없었던 것처럼 정적이 흘렀다. 대체 무엇이었을까. 아래층에 건 그림이 또 떨어지기라도 했던 것일까. 그럴 리 없었다. 바깥에서 들려온 소리가 분명했다. 연주가 중얼거렸다.

뭐가 떨어진 것 같은데.

떨어지는 소리 맞다. 나도 들었어.

그들은 이제 막 3층으로 이어진 계단 끄트머리에 다다라 있었다. 비틀거리며 그림 두 점을 운반 중이었다. 처음에는 세 점이었던 것을 2층에 한 점 전시해 둘로 줄였다. 여전히 옮기기 힘들기는 마찬가지였다. 연주는 할머니의 눈치를 살피며 말을 꺼냈다.

떨어진 게 뭔지 모르겠어요. 가서 봐야 할 것 같아요.

지금 가 보겠다고?

지친 복자가 슬쩍 성을 냈다. 정원에 뭐가 떨어졌다고 당장 가서 확인해야 할 이유가 없었다. 석고를 붙여 양감을 더한 그림들은 생각보다 더욱 무거웠다. 작업실에서 이곳으로 옮겨 오기 위해 새벽부터 줄곧 고생해야만 했다. 이제는 서둘러 일을 마치고 휴식하고 싶었다. 게다가 노인은 본래부터 기분이 상해 있었다. 며칠 전 문제가 아직도 해결되지 않은 까닭이었다. 복자는 퉁명스럽게 말을 이었다.

네가 가면 내가 혼자 이걸 다 옮겨라, 이 말이냐?

연주가 작게 한숨을 내쉬었다.

아뇨. 그런 게 아니라.

한숨 좀 그만 쉬어. 그렇게 힘든 척 안 해도 너 고생하는 거 다 알아.

복자가 투덜거렸다. 팔에 좀 더 힘을 실어 액자들을 밀어 올렸다. 연주 역시 힘을 더했다. 거대한 액자 두 개가 느리게 계단을 올랐다. 3층으로 올라서자 옅은 담배 냄새가 풍겨 왔다. 원래부터 3층은 흡연 층이니 이상할 일은 아니었다. 개점 시간부터는 3층 테라스의 접이식 창문을 개방해 둔다. 평소에는 그런 식으로 꾸준히 환기를 하고 있다. 그렇다 해도 가구며 벽에 스민 담배 냄새가 남아 있는 것이 당연했다. 둘은 잠시 발길을 멈추고서 계단 옆 벽면에 액자들을 조심스럽게 기대 세웠다.

복자가 먼저 뒤로 돌아섰다.

창문을 원래 밤새 저렇게 두는 거냐?

밝은 햇살이 눈을 찔렀다. 노인이 못마땅하게 물었다. 자꾸 미끄러지는 액자를 바로 세우던 연주가 그 말에 뒤를 돌았다. 의아한 얼굴로 테라스를 보았다. 접이식 창문이 벽쪽으로 접혀서 열려 있었다. 활짝 열린 창문에서 새소리가 들려왔다.

아뇨, 그건.

그녀는 뒷말을 삼켰다. 테이블 위 수북한 담뱃재에 시선을 멈췄다. 튀어나오는 비명을 가까스로 삼켰다. 있어서는 안 되는 쓰레기였다. 어제의 마지막 손님이 남기고 간 흔적일까. 그러나 그것과는 달랐다. 직감적으로 알 수 있었다. 무언가 좋지 못한 일이 벌어진 것이다. 백현석의 집에서 겪은 일에 뒤이은 두 번째 사고였다.

세상에, 아니, 이게 뭐야.

뒤늦게 담뱃재를 본 복자가 외쳤다. 두 손을 공중에서 흔들며 경악했다. 테이블 쪽으로 다가갔다. 그 모습에 연주는 가슴이 철렁했다. 침입자가 있었을지도 모른다는 사실보다도 노인의 입에서 이어질 말들이 더욱 두려웠다. 자라나는 내내 들었던 할머니의 말들이었다. 연주는 이제 노인이 할 이야기를 듣지 않고도 따라 할 수 있었다. 까닭에 복자의 질책은 매번 한마디만으로도 열 마디의 말과 같았다.

이게 무슨 일이야! 대체 이게 무슨 일이야!

복자가 소파 쪽으로 코를 가져갔다. 킁킁거리며 냄새를 맡았다. 담배 냄새와 섞인 비릿한 체액 냄새가 공중에 떠돌고 있었다. 복자가 뭐라고 말을 꺼내기 전 연주가 먼저 입을 열었다.

간밤에 아르바이트하는 애들이 실수했나 봐요. 영업 끝났는데도 안 나가고 남아 있는 손님들이 간혹 있어서요. 그럴 때는 실수도 하고 그래요.

그게 무슨 헛소리야?

복자가 인상을 찡그렸다. 사납게 손녀를 돌아보았다.

그러고도 돈을 받아 간다니? 너는 그게 진심으로 하는 얘기냐, 아니면 나 듣기 좋으라고 대충 지껄이는 말이냐?

그런 게 아니고요.

연주가 떨떠름하게 미소 지었다. 애써 침착해 보이려는 웃음이었다. 그 미소 한 켠에 흐린 불안이 스며 있었다. 그것을 눈치채지 못할 복자가 아니었다.

속일 사람을 가려가면서 골라야지. 어디서 할미한테 거짓 부렁이야?

그런 게 아니라니까요.

아니기는? 너 뭐 켕기는 거라도 있니? 그래?

연주는 대꾸하지 않았다. 대신 옅은 한숨으로 결백을 주장했다. 손을 들어 느릿느릿 관자놀이를 문질렀다. 제대로 말리지 못하고 나오는 바람에 아직도 물기가 남은 머리칼을 신경질적으로 정돈했다. 복자는 그런 손녀를 잠시 흘기다가 손으로 덥석 담뱃재를 쥐었다. 연주가 당황해 물었다.

뭐하세요 지금?

뭐하긴, 치워야지 당장. 우리가 손이 없어 발이 없어. 왜, 일 시키는 애들 올 때까지 기다리려고?

아뇨, 그게 아니라, 그래도 왜 손으로.

복자는 노한 얼굴로 입을 다물고 하던 일을 계속했다. 오른손으로 담뱃재를 쓸어 모아 왼손으로 주워 담았다. 테이블 밑으로 미처 쓸어 담지 못한 담뱃재들이 떨어졌다. 연주는 뭐라 말을 하려 입을 열었다가 그만두고 등을 돌렸다. 체념한 듯 걸음을 옮겼다. 구석에 구비된 티슈 쪽으로 다가갔다. 여러 장 마구 뽑으려다가 멈췄다. 몇 장을 반듯이 개어 복자에게로 돌아갔다.

제가 할게요. 그러지 마세요. 화가 나도 좀 참을 줄도 아셔야지, 할머니 때문에 제가 더 미치겠어요.

미치다니, 여기가 이 꼴 난 게 지금 내 탓이냐?

복자가 휴지통으로 가서 거칠게 손을 털었다. 휴지통 옆으로도 담뱃재들이 떨어졌다. 연주는 그 모습을 보고도 아무 말 하지 않았다. 침착을 가장한 얼굴로 말없이 청소를 계속했다. 이럴 때 괜히 대꾸를 했다가는 할머니의 말이 다른 방향으로 이어질 위험이 있었다. 카페 건물은 아직 전적으로 복자의 소유물이었다. 지금은 세를 받지 않고 연주에게 임대 중이었지만 심하게 화가 날 때면 복자는 매번 임대료 이야기를 꺼내고는 했다. 대체 네가 뭘 했다고. 대체 네가 뭘 할 줄 안다고. 대체 네가 뭘 하고 싶어서. 이번에도 거기까지 말이 나갔다가는 아침부터 기분이 참혹해지고 말 것이다.

당장 여기 일하는 애들부터 다그쳐 봐라. 분명히 여기 애들일 게야. 내가 알아 봤어, 저번에 여기 왔을 때 내가 그 말 안 하든? 인상들이 좋지가 않다고. 왜, 그 여자애 있었지. 머리는 선머슴처럼 짧아 가지고 눈빛이 아주 버르장머리가 없었어. 사람을 보고 괜히 실실 웃기나 하고.

아직 그 친구라고 밝혀진 것도 아니잖아요.

아니기는! 이 새벽에 여기서 대체 누가 이러고 간단 말이야! 내가 그러기에 너더러 열쇠 관리 잘하라고 몇 번을 말하니!

연주는 입을 다물었다. 습관적으로 입술 안쪽을 깨물었다. 너덜너덜한 상처에서 피를 빨았다. 그녀 역시 짐작 가는 바가 있었다. 복자의 추측대로 문이 저지른 짓일지도 모른다는 생각이 들었다. 아르바이트생인 성준과 문이 사귀는 사이라는 것은 이미 대충 알고 있었다. 그런 사정을 캐기가 꺼림칙했기에 자세히 알지 못할 뿐이었다. 그럼에도 그들이라면 이런 짓을 저지를 수 있을 것이라는 사실이 직감적으로 느껴졌다. 그러나 차마 그 의혹을 입 밖에 낼 수는 없었다. 자신에게까지 이어질 할머니의 비난이 두려웠다. 어째서 그들을 내쫓지 않았는지. 단속하지 않았는지. 어린애같이.

대체 무슨 생각을 그렇게 멍하니 하고 있어? 내가 너한테 뭘 맡기고 마음 편히 있는 게 이상하다 싶었지.

복자가 혀를 내둘렀다. 노인은 마치 범인이 창밖에 있기라도 할 것처럼 테라스 너머를 살피며 말을 이었다.

아니 세상에 속사정이 뭐가 어떻게 돌아가기에 가게 꼴이 이 모양이 되어 있을까. 도둑이 든 거라면 아래층을 털었겠지. 여기만 이 꼴이 난 걸 봐라. 여길 아는 사람이 해 놓은 짓 아니냐. 응? 너는 애가 원리 원칙만 따져 버릇했지 사람 다루는 일에 영 소질이 없어. 어디 이 일만 그래? 그러게 내가 엊그제도……

그거랑은 관계없는 일이잖아요.

듣다 못한 연주가 말을 잘랐다. 성을 내던 복자가 눈을 치켜떴다. 그 눈빛으로 알 수 있었다. 또다시 독설을 퍼부으려는 기미였다. 연주는 이대로 모든 것을 방치하고 이곳을 떠나고 싶은 충동을 억눌렀다. 무력하게 불행해지는 자신을 타인처럼 무시했다. 인내가 요구되는 순간이었다.

복자는 이틀 전부터 연주를 질책해 오고 있었다. 오늘 아침도 마찬가지였다. 원인은 단순했다. 복자는 여타의 핑계들을 입에 올렸지만 중요한 이유는 하나였다. 백현석 때문이었다. 그날, 그를 데리러 갔다가 결국 혼자 돌아온 것이 문제였다.

시킨 일을 제대로 하지 못한 손녀에게 복자는 화를 냈다. 그 집에서 벌어진 일들을 전부 문장으로 옮길 때까지 화를 멈추지 않았다. 부부. 불화. 울음과 폭력. 이야기를 듣고 난 복자의 반응은 연주의 예상과 달랐다. 노인은 현석이 염려된다고 말했다. 그 댁으로 찾아가 그 가엾은 사람을 돌봐 주고 싶다는 의지마저 드러냈다. 그렇게 하려면 연주도 동행해야만 했다. 그것이 복자의 판단이었다. 함께 가서 그 집 가족과 다시 인사하고 현석의 훼손된 자존심을 회복시켜 줘야 한다는 것이었다.

그 상황에서 현석을 그곳에 혼자 두고 온 것은 잔인한 선택이었다. 그것이 복자의 결론이었다. 결론이 확신이 되기까지는 긴 시간이 필요하지 않았다.

너는 그러니까 아직 어리다는 게야. 어려도 한참 어려. 사람을 봐 가면서 사귀고, 그렇게 사귄 사람과는 서로 마음을 주고받아 가면서 관계를 다지려고 해야지. 그렇게 하는 게 정말로 얻는 게지. 너처럼 대충 돈으로 애들 써서 가게 관리 하니 이 꼴을 봐라. 세상일이 그렇게 정해진 대로만 돌아가는 건 줄 알아, 아직도?

복자가 연주의 등을 바라보며 말했다. 연주와 달리 복자는 지금까지 혼자 힘으로 이만한 성공을 이룩해 보인 사람이었다. 집. 카페. 유동 자산. 노인이 보기에 손녀는 아직 아무것도 스스로 해낸 적이 없었다. 까닭에 복자는 언제나 연주에게 당당했다. 우위는 분명했다. 노인의 행동은 번번이 그 기준에 빚을 져 오고 있었다.

그래도 저한테 다른 문제까지 강요하진 마세요. 이런 일은 제가 잘 처리할 수 있어요. 제 가게고, 여태껏 잘해 왔어요. 오늘은 운이 그냥 나쁜 거예요.

연주가 변명했다. 복자가 얼굴을 찌푸렸다. 욱신거리는 허리를 습관적으로 두들겼다. 뜸을 들이다가 불쑥 입을 열었다.

엊그제 일, 나 같으면 오히려 그 상황에 쉽사리 그렇게 자리 뜨진 못했을 거다.

연주가 그토록 피하고자 했던 이야기를 꺼냈다.

사람이 얼마나 절망적이면 그렇게 됐겠어. 백 선생이 원래는 절대 그런 사람이 아니야. 아주 점잖은 사람이야. 헌데 그렇게 손찌검을 할 정도면 그 속이 대체……

또다시 현석 얘기였다. 연주는 노인의 말을 멈추고 싶은 충동을 견뎠다. 새벽부터 돌연 그림을 가져온 것도, 카페 일로 기다렸다는 듯이 목소리를 높이는 것도, 모두 현석과의 문제 때문이었다. 백현석에게서는 지난 이틀간 연락이 없었다. 그제 저녁 연주가 그 집을 떠나온 뒤로 복자는 줄곧 그의 연락을 기다려 왔다. 하루쯤 지나면 전화가 올 것이라는 예상이 결국에는 연주에 대한 원망으로까지 변했다. 복자는 질책을 멈추지 않았다.

네가 그래서 아직도 혼잔 거다. 사람이 아무리 스스로 올바르다고 우겨 봤자, 그게 정말 옳은 게 될 수는 없는 건데. 그걸 모르고. 너만 결백한 척하고 살면 누가 네 곁에 머물고 싶겠어. 너랑 산다고 할 사람이 대체 누가 있겠어.

기어이 노인의 입에서 그런 문장이 이어졌다. 연주는 걸레를 내던지고 싶은 것을 참았다.

만나는 사람 있다고 말씀드렸잖아요. 왜 자꾸 그러세요. 때가 되면 소개시켜 드릴 거예요. 저 지금 서른한 살이에요. 요즘 이 나이에 결혼 생각 없는 사람이 더 많아요.

얼마나 엉터리 같은 놈을 만나고 다니면 나한테 인사 한 번을 못 시켜. 그런 놈을 두고 매번 말씀, 말씀…….

복자가 말끝을 흐리며 탄식하듯 한숨을 뱉었다. 더 할 말도 없다는 식이었다. 연주의 표정이 어두워졌다. 수치스러웠지만 그녀는 아무 말도 하지 못했다. 입을 다물고 청소를 마쳤다. 아래층으로 내려가 주방에서 걸레를 빨아 왔다. 복자의 눈앞에서 말없이 담뱃재를 치웠다. 소파와 테이블을 닦았다.

참혹했다. 할머니는 설명하기 어려운 문제일수록 지나치게 직감이 뛰어났다. 불쾌할 만큼 노골적이었다. 며칠 전 애인이 했던 말과 조금 전 복자가 한 말이 겹쳤다. 둘 다 그녀를 탓하는 문장들이었다. 너 때문에 난 숨도 편히 쉴 수가 없어. 네 입장만 내세우기 전에 일단 내 입장도 좀 생각해 봐. 옳고 그른 걸 따지는 게 그렇게 중요해? 가족이라는 화제에 병식은 그렇게 말했었다. 적어도 한 번 복자에게 인사드리는 자리를 갖자는 연주의 말에 대한 대꾸였다.

그러나 연주는 사실 옳고 그른 것을 따지기는커녕 그것이 무엇인지 감을 잡기도 힘들었다. 백현석 문제만 해도 그랬다. 복자가 어찌나 당연하다는 듯이 말을 늘어놓는지, 그 상황에서 자신이 내린 결정이 과연 옳았던 것인지 의심될 정도였다.

오늘 일도 그랬다. 곳곳에 피로가 예정되어 있었다. 거듭되는 사건들이 현실감 없었다.

만약 노인이 굳이 오늘 이곳에 오겠다고 하지 않았다면. 그랬다면 지금 같은 상황은 없었을지도 모른다. 적어도 연주 혼자 모든 일을 해결할 수 있었을 것이다. 그러나 그것은 결국 가정이었다. 연주는 늘 그래왔듯이 말없이 복자의 질책을 견뎌 내야만 했다. 이어질 결과 또한 그녀는 짐작하고 있었다. 복자는 원하는 것을 포기하지 않았다. 연주는 노인의 지시대로 움직이게 될 것이다. 그것이 그녀의 오랜 습관이었다.

연주는 걸레질에 집중하는 시늉을 했다. 투덜거리던 복자는 그 모습에 서서히 말을 줄였다. 노인은 연주로부터 오래된 전조를 읽을 수 있었고 그로 인해 만족감을 느꼈다. 오늘 그녀는 반드시 백현석의 집에 방문할 것이다. 연주와 함께 본래의 계획대로 그를 데리고 나올 생각이었다. 그에 대한 애정 때문만이 아니었다.

복자는 타인에 대한 그녀의 영향력을 확인하면서 행복해지고는 했다. 현석은 부유했지만 외로운 노인이었다. 전쟁과 혁명, 정변, IMF를 차례로 겪은 후에도 그의 삶에는 함께 살아온 사람들이 인정해 줄 만한 고생이 부재했다. 현석에게는 무언가를 극복해 내며 살아온 사람 특유의 뚜렷한 자존감이 없었다. 그러니 그는 복자에게 좋은 상대였다. 그녀는 그를 돌보며 자신을 돌보았다.

연주를 움직이는 과정은 어렵지 않았다. 그녀의 주관은 불안정했고 의견은 쉽게 변형되었다. 고민의 시간이 길어질수록 연주는 스스로를 의심했다. 예외는 없었다. 곧 먼저 백현석을 찾아가자는 말을 꺼낼 것이 분명했다. 복자는 연주의 그런 성격이 단점이라는 것을 알고 있었다. 그러나 한편으로 그것은 복자 자신에게 종종 쓸모 있는 성격이기도 했다. 결국 노인은 이중잣대로 연주를 판단했고, 자신의 주관이 최종적으로는 모두를 현명한 방향으로 인도할 것이라고 믿었다. 그래서 모든 문장을 망설이지 않았다. 믿음으로 자신을 간단하게 설득했다.

어느새 연주는 혼자 액자를 이동시키고 있었다. 노인은 허리를 두들기며 몇 걸음 떨어진 곳에서 그 모습을 바라보았다. 벽에는 복자가 그린 털 없는 고양이 그림이 여느 때처럼 반듯하게 걸려 있었다. 새로 추가된 액자를 들고서 연주가 그 앞을 지나갔다.

떨어트리려고 그러지. 뭐 하러 고집스럽게 그걸 혼자 들어?

복자가 말했다. 연주는 액자를 고쳐 안으며 답했다.

안 떨어트려요. 그냥, 어서 끝내고 싶어서 그래요.

예상대로 체념해 가는 기색이 완연했다. 끝내고는 어디로 갈 테냐, 복자는 물으려다 그만두었다. 아직 아침이었다. 백현석의 집에 찾아가기에는 시간이 일렀다. 일을 진행시키기 위해서는 앞으로도 한참을 더 기다려야 했다. 그동안 뭘 하고 있으면 좋을까. 복자는 무심코 한숨을 내쉬었다. 늘 그렇듯 긴 하루가 시작되고 있었다.

노인은 알지 못했지만 그 순간 카페 창 너머 멀리서는 두 명의 젊은이들이 내달리는 중이었다. 성준과 문은 피투성이였다. 그리고 웃고 있었다. 낄낄대며 복자의 시선 밖으로 더더욱 멀어져 갔다.

문은 담 밖으로 내던졌던 샌들 두 짝을 주워 신었다. 욕 섞인 웃음과 함께 카페 쪽으로 침을 뱉었다.

배고프다. 돈 좀 있냐?

웃으며 중얼거렸다. 성준이 고개를 저었다. 절뚝거리며 그녀를 뒤따랐다. 신음이 새어 나왔다. 피 맛이 느껴졌다. 찢어진 입안이 너덜거렸다. 그렇게 조각난 감각들뿐이었다. 그는 더 이상 아무 생각도 하지 않고 있었다. 텅 빈 머릿속으로 천천히 행복이 돌아왔다. 웃음이 그치질 않았다. 조금 전 카페에서 달아날 때 그를 괴롭혔던 문에 대한 의문이나 그 밖의 모든 것들에 대한 의심이 웃음에 묻혀 희미해졌다. 아르바이트에서 잘리는 건 아닐까. 찰나의 격렬한 웃음은 그런 근심조차 흐리게 만들었다. 복자나 연주가 곧 그의 일자리를 빼앗을지도 모른다. 그러나 지금 당장은…… 적어도…….

어쩔 수 없는 일에 대해 성준은 따지고 싶지 않았다. 정말이지 그런 짓은 하고 싶지 않았다. 모두에게는 각자의 몫이 있었다. 일정한 간격으로 배열된 서로 다른 조각들. 오늘 그는 연주 혹은 다른 누군가를 좀 더 불행하게 만들었을지도 몰랐다. 한편으로 그건 어찌 되든 상관없는 일이었다. 그들은 달아났고, 자유롭다는 착각에 빠질 수 있었다. 그는 그걸로 충분했다. 밥을 사 먹을 돈이 좀 더 생기기를 바랄 뿐이었다.

3장

피곤했지만 한숨도 잘 수 없었다.

공항 밖으로는 투명한 비가 내렸다. 통 유리창에 연거푸 빗방울들이 맺혔다. 해정은 숄더백을 고쳐 매며 밖으로 향했다. 밀려드는 졸음을 애써 떨쳐 냈다. 귀국한 여행객들 가운데서 해정의 짐은 유독 간소했다. 그녀는 처마 밑에서 빗줄기의 세기를 가늠하며 담배를 피웠다. 쌀쌀한 날씨. 다시 안으로 들어와 지하 식당가로 내려갔다. 손가락에서 풍기는 냄새를 맡았다. 불 냄새가 마음을 차분히 가라앉혀 주었다. 해정은 김치찌개를 시켰다. 자리에 앉아 음식을 기다렸다. 그동안 지나가는 사람들을 바라보았다.

휴대폰에 간헐적으로 전화가 걸려 왔다. 그러나 받지 않았다. 그녀는 아무도 만날 마음이 없었다. 조용히 집으로 돌아가 따뜻한 샤워를 하고 싶었다. 해정은 한강 지류 근처의 베란다가 딸린 널찍한 원룸에서 살았다. 사흘 남짓 여행을 다녀오는 동안 줄곧 집을 비워 두었다. 아마 조금 먼지가 쌓여 있을 것이다. 그녀는 재혼한 아버지 밑에서 자랐고 지방에 가족을 둔 채 홀로 상경했다. 스물이 넘은 뒤로 한 번도 누군가와 같이 살아 본 적이 없었다. 집 안의 정적에 익숙했다. 그래서인지 바깥에 나와 있을 때도 언제든 소음 속 침묵을 찾아낼 수 있었다. 소리들이 한 덩어리로 뭉쳐 배경이 되고, 그 중심을 적막이 관통했다.

식사를 마칠 때쯤 다시 한 번 전화벨이 울려왔다. 파도 소리였다. TV에 해변이 등장할 때면 나오는 소리와 닮아 있었다. 주변 사람 몇몇이 그녀를 돌아보았다. 해정은 잠시 벨을 끄지 않고 액정을 응시했다. 그러다 통화를 거부했다. 차가운 손가락으로 휴대폰을 매만지며, 주머니에 손과 폰을 함께 집어넣었다. 숄더백을 챙겼다. 화장실에서 양치를 하고 로션과 선크림을 덧발랐다. 비가 오는 날에도 자외선은 사라지지 않았다. 그녀는 담배를 한 대 더 피우고 공항철도에 몸을 실었다. 알람을 맞췄다. 문가 좌석 옆 칸막이에 머리를 기대고 눈을 감았다. 잠을 청했다.

파도 소리가 다시 울렸다. 전화가 온 것이라 생각하고 눈을 떴으나 알람이었다. 전화와 알람이 동일한 소리로 설정되어 있었던 것이다. 어느덧 내릴 역이 가까워져 있었다. 잠을 떨쳐 내려 등을 곧게 폈다. 그 순간이었다. 속이 니글거렸다. 목구멍 너머로 위액 냄새가 넘어오는 것 같은 기분이 들었다.

해정은 얼굴을 찡그리고 기침을 뱉었다. 여러 번 반복했다. 마침 열차 칸 안에는 젊은 남자와 그녀뿐이었다. 연휴 마지막 날답지 않게 한산한 셈이었다. 해정은 두 손으로 얼굴을 감쌌다. 기침 때문인지 헛구역질을 하기 시작했다. 맞은편 남자가 그녀를 힐끔거렸다. 도와줘야 하는 건 아닌지 가늠해 보는 중인 것 같았다. 메스꺼운 느낌을 진정시켜 보려 했지만 쉽지 않았다. 손가락 사이로 남자가 비쳤다. 선량해 보이는 얼굴이었다. 해정이 다시 한 번 심하게 기침했고, 마침내 남자가 입을 열었다.

괜찮으세요?

해정은 미간을 구기며 대답에 뜸을 들였다. 일부러 한 번 더 기침을 해 보였다. 피곤하다는 듯 건성으로 고개를 끄덕였다. 남자가 어색하게 따라 고개를 끄덕이며 눈길을 돌렸다. 내릴 역까지는 아직도 몇 정거장이 더 남아 있었다. 멀미라도 난 건지 속이 불편하고 식은땀이 났다. 어떤 곳에서든 일단 내릴 수밖에 없었다. 해정은 열차 문이 열리자마자 신경질적으로 자리를 떴다. 뒤를 돌아보는 남자의 시선이 공격적으로 느껴졌다. 친절이 부담스러웠다.

낯선 역의 화장실은 사람들로 붐볐다. 좁아터진 화장실에 긴 줄이 늘어서 있었다. 뺨에 느리게 열이 올랐다. 위장에 견디기 어려운 통증이 느껴졌다. 척추를 조금만 비틀면 곧바로 속에 든 것을 게워 낼 것 같았다. 대체 무엇이 잘못되었던 것인지 알 수 없었다. 공항 식당의 찌개는 별 이상이 없었다. 어쩌면 그저 너무 지친 탓인지도 몰랐다.

해정은 천천히 숨을 가다듬었다. 줄은 더디게 줄어들었다. 앞사람들에게 양해를 구하고 먼저 화장실을 사용할 수도 있지만 그러고 싶지 않았다. 입을 열고 싶지 않았다. 누구와도 말을 섞고 싶지 않았다. 최대한 빠르게 밖으로 나가 조용히 집으로 돌아가고 싶었다. 갑자기 바깥에 생각이 미쳤다. 여전히 비가 오고 있을지도 몰랐다. 그녀는 우산이 없었다. 역 편의점에서 비닐우산을 사야 했다.

거기까지 떠올린 순간 관자놀이가 욱신거렸다. 때맞춰 전화벨이 다시 울리고 있었다. 파도 소리였다. 몇 번이고 해변에 부서지는 바닷물의 소음.

괜찮으세요?

두 번째였다. 열차에서와 똑같은 질문이었다. 해정 바로 앞에 서 있던 여자가 그녀를 당혹스럽게 돌아보고 있었다. 해정은 그제야 자신이 전화벨을 끄지 않은 채 한 손으로 머리를 움켜쥐고 있었다는 것을 깨달았다.

먼저 들어가실래요?

여자가 떨떠름하게 물었다. 해정은 작게 감사를 표하고 황급히 변기 부스로 들어갔다. 막상 변기를 마주하고 나니 그곳에 머리를 박고 구역질을 할 엄두가 나지 않았다. 변기 앞에 무릎을 굽히고 쭈그려 앉자 괴상한 냄새가 풍겨 왔다. 위장의 통증이 심해졌다. 기침을 뱉었다. 그러나 흉내만 낼 수 있을 뿐 구토할 수 없었다.

다시 전화가 울렸다. 해정은 가방에서 신경질적으로 폰을 꺼냈다. 발신자를 확인했다. 김 씨 아주머니 아니면 백원균일 것이 분명했다. 둘은 약속이라도 한 듯 번갈아 가며 전화를 걸어오고 있었다. 강박에 가까웠다. 해정은 백원균이라 쓰인 화면을 뚫어져라 노려보았다. 변기 커버를 한 손으로 붙들고 쭈그려 앉은 자세 그대로 전화를 받았다.

네.

익숙한 목소리.

이제 전화 받니?

네.

왜?

답하지 않았다.

어디니?

그가 낮게 한숨 섞어 물었다.

들어온 거 맞지?

이번에도 답하지 않았다.

나한테 화나서 그래?

해정이 아랫입술을 씹었다. 식은땀이 흐르는 것이 느껴져 불쾌했다. 두통 역시 계속되었다. 이런 순간에 돌연 그와 통화하기를 택한 이유를 알 수 없었다. 충동이었다.

왜 답이 없어?

그만 좀 물을 수 없어요?

휴대폰 저편에서 원균이 숨을 삼키는 소리가 적나라하게 들려왔다. 해정은 변기를 쥐고 있던 손으로 관자놀이를 문질렀다. 변기에 앉았다. 신고 있던 캔버스화로 바닥을 쓸었다. 머리와 배가 아팠다.

아저씨는 왜 항상 그렇게 말이 많아요. 왜 항상 뭐가 그렇게 궁금해요.

미안해.

전화 좀 그만해요. 그 말 하려고 했어요.

그럼 어떻게 할까.

할 말 있으면 직접 만나서 해요. 제 스케줄 아실 테니까, 거기 적당히 맞춰 주시고요. 딱히 할 얘기 없으면 만나지 말아요.

내가 무슨 말을 했으면 좋겠니?

평소처럼 질문만을 반복해 왔다. 시시한 대화였다. 지겹지만 가끔은 만족스러웠다. 침묵이나 다름없는 대화였다. 어떤 문장을 말하든 별다른 의미를 담지 못했다. 그의 입장 역시 본질적으로는 비슷할 것이다. 그녀는 잠시 뜸을 들이다가 전화를 끊었다. 벨소리를 아예 없앤 뒤 휴대폰을 가방에 넣었다. 담배를 피우고 싶었지만 참았다. 대신 옷을 벗고 변기에 오줌을 눴다. 속은 여전히 니글거렸다. 구역질이 났다.

화장실을 나온 해정은 다시 지하철을 탔다. 계속해서 식은땀이 흘렀지만 우선은 집으로 돌아가는 것 외에 할 수 있는 일이 없었다. 병원에 갈 정도는 아니었다. 괴로웠지만 아직은 견딜 수 있었다. 집으로 돌아가 우선은 뜨거운 샤워를 하고 싶었다. 머리를 감고 잠을 자면 나아질 것 같았다.

우산을 사지 못했다는 것을 깨달은 순간 그녀는 이미 역 바깥으로 나서고 있었다. 계단을 오르는 동안 벌써 빗방울이 그녀의 정수리와 뺨, 어깨로 떨어져 내렸다. 서둘러 걸어온 길을 돌이켜 보았지만 우산을 팔던 곳은 없었다. 바깥도 마찬가지였다. 중간에 화장실을 가려고 내렸던 역의 편의점이 마지막이었다.

망연자실해진 해정은 일단 비를 피하려 몇 계단 뒤로 물러났다. 이제 남겨진 몇 가지 선택지를 검토했다. 하늘은 검었다. 먹구름이 짙었다. 비를 맞기엔 너무 피곤했다. 생각을 마친 그녀는 서둘러 계단을 올라갔다. 맞은편 길에서 대기 중이던 택시들로 달려갔다. 맨 앞 차에 올라탔다. 행선지를 말했다. 그사이 젖은 그녀의 몸에서 비 냄새가 풍겼다. 기사가 슬쩍 뒤를 돌아보았다. 백미러에 그의 눈이 비쳤다. 해정은 시선을 피했다. 창밖을 내다보았다.

원룸이 있는 건물에 도착할 때가 돼서야 그녀는 가방에서 폰을 꺼냈다. 걸려온 전화를 확인했다. 원균에게서 한 번 더 전화가 걸려와 있었다. 택시에서 내려 집으로 달려가는 동안 그에게 다시 전화를 걸까 망설이느라, 해정은 미처 보지 못했다. 건물 현관 안쪽에 누군가가 서 있었다. 그녀에게 말을 건넸다.

좀 늦게 들어오네? 백 교수님은 일찍 나가시던데.

놀란 해정이 눈을 치켜떴다.

아주머니?

왜 내 전화 안 받았어?

대체 왜 여기에.

뭘 놀라. 못 볼 사람 본 것처럼.

김 씨 아주머니가 그녀를 향해 걸어왔다. 해정은 상대를 황당하게 바라보았다. 일전에 반찬을 가져다주겠다고 고집을 부려 집을 알려 준 적이 있기는 했지만 이렇게 난데없이 찾아오다니 믿을 수가 없었다. 게다가 지금 둘의 관계를 따지고 보면 더욱 그랬다. 해정은 표정을 숨기지 않았다. 방어적으로 김 씨를 바라보았다.

갑자기 여긴 왜 오신 거예요?

네가 전화를 안 받아서 그랬지. 여태 기다렸다.

아니 그게 무슨, 지금 그 말투 저한테 화내시는 거예요?

멀찍이서 관리인이 그들을 지켜보고 있었다. 언제부터 거기 있었던 것인지 알 수 없었다. 창피해진 해정이 목소리를 낮췄다.

왜 말도 없이 찾아오신 건데요?

별 미친 사람을 다 보겠다는 투가 역력했다. 그러나 김 씨의 표정은 미동 하나 없이 그대로였다. 계급을 재생산하는 커다란 눈. 지겹도록 낯익은 김 씨의 얼굴을 마주하던 해정의 표정이 점차 일그러졌다. 그것을 지켜보던 김 씨가 불쑥 손을 뻗었다. 해정의 팔을 낚아챘다. 긴 세월 힘든 일을 도맡아 온 그녀의 악력은 기묘할 만큼 셌다.

아야! 지금 뭐 하시는 거예요?

놀란 해정이 버둥거렸다. 김 씨는 별 문제 없이 그녀를 제압했다. 해정이 관리인을 돌아보았다. 어째서인지 그는 바라보기만 할 뿐 도와줄 기미가 없었다. 김 씨가 해정을 따라 관리인에게 시선을 돌렸다. 작은 고갯짓으로 그에게 인사를 건넸다. 관리인 또한 눈짓으로 김 씨에게 답했다. 둘이서 공모라도 한 것처럼 자연스러운 태도였다. 그 사이에 낀 해정은 순간 오싹해져 멈칫했다.

뭐예요, 지금 뭘 하시는 거냐고요.

그러게 왜 전화를 안 받아. 올라가자. 일단 올라가서 얘기 좀 하자.

뭘 얘기해요? 미쳤어요? 이거 안 놔요?

올라가자니까 이년아.

뭐요? 년?

해정이 소리를 지르며 다시 관리인을 돌아보았다. 이번에도 그냥 모른 체했다가는 가만히 있지 않겠다는 기색을 보였다. 항의하려 입을 열었다. 그러나 김 씨가 한 발 더 빨랐다.

왜, 저 아저씨 부르려 그러냐? 그래, 말해라 해정아. 나 같은 사람도 할 말 있을 때는 하는 법이니까. 그렇게 해서 누가 무슨 꼴이 나는지 보자. 어서 저 아저씨 불러.

그 말에 해정이 움찔했다. 김 씨를 돌아보았다.

왜 남이 좋게 말할 때 듣지를 못해. 아줌마가 할 말이 있어서 기다렸다는데.

김 씨가 해정의 팔을 우악스레 비틀며 낮게 뇌까렸다.

사람 살면서 할 짓 못할 짓이 따로 있지⋯⋯. 안 그러냐?

해정은 말없이 시선을 피했다. 엘리베이터로 먼저 걸음을 뗐다. 가는 동안 김 씨는 낮은 목소리로 무언가를 중얼거렸다. 기도 같기도 했고 욕설 같기도 했다. 심해지는 두통에 해정은 신경질적으로 숄더백 어깨 끈을 비틀었다. 속이 니글거렸다. 토할 것 같던 역한 느낌이 서서히 다른 것으로 변해 갔다. 뭔가가 잘못되어 있었다. 어떤 불운이 난데없이 그녀를 덮쳐온 것만 같았다. 불운이라 할 수 없을지도 몰랐다. 오늘은 이런 일을 겪어야만 하는 날이었을 수도 있었다. 끔찍한 일이었다. 식은땀이 비 오듯 배어났다. 아랫배가 아파왔다. 몸에 한기가 돌았다. 해정은 입술을 깨물었다.

집 참 이쁘게 해 놓고 사네.

해정을 뒤따라 집 안으로 들어온 김 씨가 우두커니 멈춰 섰다. 베란다 창문에는 블라인드가 쳐져 있었다. 창가의 키 큰 선인장 화분 밑으로 긴 그림자가 져 있었다. 해정은 앞서 걸음을 옮겼다. 블라인드를 열었다. 비는 여전했다. 세상이 온통 검게 젖어 들어가는 중이었다.

할 말 있으면 하세요.

해정이 뒤를 돌았다. 김 씨를 응시했다. 건조한 눈길에는 엷은 조롱기가 어려 있었다. 여기 이렇게까지 집착할 만큼 한가하세요? 눈이 묻고 있었다. 요가 교사답게 해정의 몸은 철저하게 관리되어 있었다. 편한 옷차림에도 잘 관리된 근육의 굴곡이 드러났다. 반면 마주 선 김손녀의 육체는 오랜 방치의 흔적이 역력했다. 짧은 순간 둘은 서로의 몸을 경멸하듯 훑어보았다.

할 말 하시라니까요?

해정은 젊고 아름다웠다. 그리고 악했다. 손녀는 그녀를 벌하기 위해 여기 와 있었다. 그녀는 오늘 해정이 홀로 입국했다는 것을 알고 있었다. 연휴 동안 원균과 둘이 가려던 필리핀 여행을 결국 혼자 다녀왔다는 것 또한 알고 있었다. 남편이름으로 예약된 항공권을 발견한 소현이 불륜을 눈치챈 까닭이었다.

소현의 추궁에 원균은 무시와 침묵으로 답했다. 손녀는 그 과정을 전부 지켜보아야만 했다. 모든 사실을 알면서도 침묵을 지켜야만 했다. 그 집은 그녀의 일터였다. 그곳에서 벗어날 수는 없었다. 변함없이 의무를 다해야만 했다.

불필요한 사실을 알게 된 것이 손녀의 불운이었다. 다시 본지 얼마 되지 않은 해정이 꽤 반갑던 시기였다. 연락 없이 그녀를 방문했다가 우연히 그 집에서 나오는 원균을 보고 말았던 것이다. 손녀는 그런 일에서의 직감이라면 누구 못지않았다. 게다가 해정은 오래전부터 질 나쁜 연애 문제로 유명했다. 둘 사이를 간파하기란 어렵지 않았다. 그러던 것이 오늘의 상황까지 이어진 것이다.

난처한 입장이다. 도의적으로 도저히 계속해 나갈 수 없다.

손녀는 오늘 그렇게 말할 계획이었다. 그런데 해정은 지나치게 당당했다. 기가 찰 따름이었다.

내가 뭐라 말했으면 좋겠니? 네가 생각이 있어서 그렇게 따지는 모양인데.

생각이라뇨. 전화로 이미 제 입장은 다 말씀드린 것 같은데…….

해정이 느리게 웃었다. 손으로 머리를 매만져 고무줄을 풀어냈다. 구불거리는 머리칼이 어깨 위로 흘러내렸다.

둘은 동향 사람들이었다. 손녀의 딸과 해정은 어릴 적부터 친구이기도 했다. 같은 초등학교를 다녔으니 손녀가 보기엔 친구라 부르는 게 당연했다. 오래전 딸 정선의 생일 파티에 해정이 찾아 왔던 적도 있었다. 아직도 그날 음식을 만들며 고생했던 기억이 남아 있었다. 17년 전 그 당시에도 손녀는 지금처럼 어느 집에서 일을 했었다. 정선은 이제 스물일곱이었다. 해정과 같았다.

혹시 저한테 뭐 더 원하는 거라도 있으세요? 그냥 단도직입적으로 말씀해 주세요. 그게 더 편하니까.

편해?

그 말이 싫으시면 편하다고 하진 않을게요.

더 원하는 것이라니, 무슨 뜻인지 언뜻 이해되질 않았다. 손녀는 그저 해정이 웃으며 싫다 좋다를 운운하는 꼬락서니가 어처구니없었다.

너 정말 못된 애로 컸구나. 집에서도 네가 이러는 거 알고는 계시니?

그 동네 사정이야 저보단 아주머니가 더 잘 아시겠죠. 이사 오셨어도 시댁은 여전히 거기라고 저번에 말씀하셨던 것 같은데. 전 이제 거기 안 가요.

그래도 거기가 네 집이지. 좀 컸다고 그게 변할 거 같아도 나중엔 후회될 거다.

해정은 할 말이 없다는 듯 고개를 돌렸다. 테이블에 기대어 비스듬히 섰다. 가늘게 뜬 눈으로 손녀를 바라보았다. 해정의 가정사는 인근 주민들에게 유명한 얘기였다. 바람 잘 날 없는 부부 관계와 어릴 적부터 남자 소문이 잦던 딸. 폭력 사건으로 여러 차례 입건된 아들. 그런 사정을 모두가 알고 있었다. 그러니 해정에게 서울은 일종의 도피처였고, 손녀는 끝끝내 따라 붙는 집요한 과거의 일부였다. 떨쳐 냈다고 생각한 순간 다시 등장하는 두려운 인간이었다.

이런 말 하러 찾아 온 내가 아주 꼴 보기 싫겠지. 나도 네 마음 모르는 거 아냐. 근데 사람이 듣기 싫은 소리도 들을 줄 알아야 사람 되는 거야. 사람이라고 다 같은 사람이 아니야. 넌 지금 사람 꼴도 못하고 있는 거야. 너처럼 젊고 예쁜 애가 왜······.

저번에 가져다주신 반찬은 잘 먹었어요.

해정이 말을 잘랐다. 싱크대 서랍 쪽으로 향했다.

반찬 통 씻어 놨는데 지금 드릴까요?

손녀가 기가 막혀 입을 벌렸다. 화가 났지만 뭐라 꺼낼 말이 마땅치 않았다. 해정은 태연하게 반찬 통 두 개를 꺼냈다. 쇼핑백을 가져와 담았다.

원하는 게 있으면 정확히 말씀하세요.

쇼핑백 입구를 반듯하게 여미며 손녀에게 눈을 돌렸다. 시선을 마주하고서 말했다.

혹시 돈 필요하세요?

뭐?

그거 원하고 저 계속 닦달하시는 거예요? 저 돈 없어요, 아줌마.

손녀의 얼굴이 일그러졌다. 그녀가 두 주먹을 힘껏 쥐었다. 해정은 못 본 척 눈길을 돌렸다. 고개를 숙이고 말을 이었다.

그 집에서 일한 지 꽤 오래되셨다면서요. 나올 입장 아니라고 하셨잖아요. 하기야 그때도 놀랐어요. 나오느니 마느니 하시니까 정말 당황스럽기도 했고요. 사실 그게 그렇게까지, 아줌마 입장에서, 중요한 일은 아니잖아요? 따지고 보면 아줌마 일도 아니고.

내 일이 아니라고? 네가 내 기분을 안다면…….

네. 이렇게까지 오신 걸 보니까, 저도 제가 좀 생각이 짧았던 건가 싶네요. 사람마다 생각이 서로 다른 법인데. 아줌마는 힘드시다 이거죠. 이제 이해했어요.

이해? 내가 나만 힘들다고 이런 얘기 하는 걸로 보이냐?

손녀가 깊게 숨을 들이쉬었다. 해정의 옆얼굴을 노려보았다.

너 때문에 한 가족이 어떤 꼴을 겪고 있는지 안다면 네가 이렇게 떳떳할 수는 없는 거다. 너랑 백 교수는 어떨지 몰라도 그 집 사모는 너 때문에 남 앞에서 다신 얼굴 못 들고 다닐 꼴을 다 보였어. 손님 앞에서 별 미친년 같은 꼴을 다 보였단 말이다. 그냥 손님도 아니고, 집안 대 집안으로 아는 사람이라던데. 이게 사람이 할 짓이냐? 네가 생각이 있다면.

아뇨. 아줌마. 죄송한데, 자꾸 모든 걸 제 탓 하시면 안되죠.

해정이 말을 잘랐다. 그녀의 미간에 날카로운 주름이 패여 있었다. 뭔가를 억눌러 참고 있는 것 같은 표정이었다. 화난 것 같기도 하고 미소 짓는 것 같기도 했다. 해정은 손으로 천천히 머리를 쓸어 넘겼다. 한숨 쉬듯 말했다.

제가 일부러 그 집을 파탄 낸 것도 아니고. 따지려면 백 교수님이 처신 잘못하신 것부터 따져야지, 왜 저한테만 그러세요. 저라고 멀쩡한 사람들 망가뜨리려고 사는 인생도 아닌데.

말문이 막힌 손녀에게 해정은 소리내어 웃어 보였다.

물론 저도 아줌마 입장 이해해요. 교수님한테 직접 따질
수는 없으실 테죠. 그래서 제가 아까부터 물었잖아요. 스스
로 필요하다고 느껴지는 게 있으면 말을 하세요. 제가 지금
드릴 돈은 없는데, 아마 백 교수님하고 상의하면 얼마쯤은 도
와 드릴 수 있을 거예요. 거절하실 거 없어요.

손녀의 얼굴이 일그러졌다. 수치심이 번졌다. 그녀는 그 감
정을 숨기지 않았다. 그녀를 가장 흥분하게 만드는 것은 스스
로도 해석하기 어려운 기이한 쾌감이었다. 쾌감이 그녀를 불
쾌하게 만들고 있었다. 그것은 수치심이 주는 만족감이었다.
불쾌감을 딛고 더욱 강해지며 한층 강한 불쾌감을 기다리는
쾌감이었다. 기나긴 권태 대신 낯선 자극을 느낀 순간의 즐거
움이었다.

이처럼 명징한 악의 기운을 휘감은 상대가 눈앞에서 자신
을 현혹하려 드는 경우가 손녀의 인생에는 많지 않았다. 까닭
에 그녀는 상대의 비루한 제안을 기쁘게 혐오했다. 단죄의 방
향을 기준 삼아 선악의 방향 또한 공고히 만들고 싶은 충동
을 느꼈다. 두 개의 삶이 서로 얼마나 다른지 증명하는 과정
은 그녀의 자존감에 부여되는 흔치 않은 양분이었다. 한순간,
손녀는 수치심과 자긍심 사이에서 열정적으로 경련했다.

몹쓸 년. 그게 말이냐.

나지막이 욕설을 뇌까렸다. 그녀는 다가가 해정을 한 대 후려치기라도 할 듯 어깨를 들썩였다. 그러다 그냥 침을 뱉었다. 바닥에 타액이 들러붙었다.

미친년은 약도 없다더니. 네 눈엔 세상이 다 돈이구나.

해정이 바닥의 침 자국을 바라보았다. 눈길을 거기 두고서 입술을 깨물었다. 두통이 더 심해지고 있었다. 토할 것 같았다. 눈앞의 광경이 진절머리 났다.

네 새엄마가 아무리 바람난 년이라고 동네 떠들썩하게 했어도 네 년처럼 뻔뻔스럽지는 않았다. 세상이 아무리 말세라지만 새파랗게 어린년이 어디서 마누라 딸린 선생이랑 붙어먹고서는 두 눈을 똑바로 뜨고, 하, 돈을 줘? 어디서 이런 양갈보 같은 년이…….

욕 섞인 문장은 침묵으로 수렴했다. 해정은 그 표현의 의미를 모르는 것 같은 무표정으로 많은 것을 방어했다. 어떤 문제를 해결하기 위해서는 그녀가 책임질 수 없는 것들을 무시해야만 했다. 어떤 문제는 반드시 그랬다. 그렇다는 것을 배웠다. 그녀가 책임지고 싶지 않은 타인의 사정이 있었고 그녀 책임이 아닌 시간들과 책임질 수 없는 시간들이 있었다.

무시하지 않고서는 끊임없이 희생되어야 했다. 지금도 그랬다. 해정은 손녀가 몰고 온 시련을 이겨 내야만 했다. 그녀는 잠시 무언가를 생각하다, 휴대폰을 꺼내 들었다. 백원균에게 전화를 걸었다. 신호가 가고 있는 폰 화면을 손녀에게 들어 보였다. 손녀가 말을 멈췄다. 이건 또 무슨 수작이냐는 듯이 황당한 표정을 지었다.

이만큼 들어 드리면 된 것 같아서요.

해정이 폰을 가볍게 흔들었다.

교수님한테 아줌마 이러는 거 알려도 괜찮으시겠어요?

알리다니? 그럼 내가 뭐 못할 말이라도 했다는…….

그럼요? 그럼 이게 뭐라고 생각하세요. 솔직히 저도 정말 피곤하고, 당황스러워요. 돈 드린다고 했죠. 싫으면 싫다 하시지 무슨…….

해정이 손으로 미간을 문질렀다. 지친 시늉을 해 보였다. 가늘게 뜬 눈으로 손녀의 기색을 살피다가, 전화를 끊었다. 폰을 거두었다. 손녀는 아무 말도 하지 않았다. 할 말을 찾는 중인 것처럼 보였다. 해정이 먼저 입을 열었다.

아줌마 생각은 어떠실지 모르겠는데, 제 생각엔 그쪽 가정에서도 고용인이 저랑 아는 사이인 걸 썩 달가워할 것 같진 않네요. 아줌마는 절 타일러서 좋게 일을 정리하고 싶으시겠지만 세상일이 그걸로 다 해결되는 게 아니잖아요? 아줌마 혼자서 가지고 있는 좋은 뜻이라면 더더욱.

그래서, 너 지금 날 협박이라도 하겠다는 거니?

먼저 저한테 함부로 말씀하신 게 누군데요. 제가 뭘로 보이세요? 누구한테 년년 거려요. 알면 얼마나 알고 지낸 사이라고.

손녀가 할 말을 잃었다. 둘은 마주 선 채 서로를 노려보았다. 해정의 눈이 빛났다. 침착한 눈이었다. 손녀는 마른 침을 삼켰다.

아직도 전 필요한 만큼 아주머니께 보상해 드릴 생각이 있어요. 더럽다느니 뭐 그런 얘기 듣자고 그러는 건 아니고요. 저도 저 나름대로 그쪽 상황에 느끼는 미안한 감정 같은 게 있어서 그런 거예요. 이해한다고 했잖아요.

그래, 그럼, 네 미안한 마음을 풀겠다고 나더러 또 드러운 꼴을 참으라 이거 아니냐.

교수님하고 제 사이 때문에 그렇게 더럽다, 더럽다 하시나 본데, 사실 그건 꼭 맞는 말은 아니에요. 아줌마야말로 모든 걸 다 아세요? 알고 하시는 말씀 아니면 너무 심한 소리는 삼가셔야죠.

해정은 자꾸만 거칠어지는 말투를 진정시켰다. 동요를 내색하지 않기 위해 버텼다.

그쪽 부부 관계 어떤지 아세요? 물론 아주머니는 그 집 사모가 안타까우실지도 모르겠지만, 제가 듣기론 원래 그 집 정상이 아니던데요. 백 교수님이야 원래 저 말고도 다른 파트너들 꽤 많았어요. 제가 알기론 그래요. 쭉 그래 왔다고요, 그 사람들은.

손녀는 헛웃음을 지었다. 세상에는 잘못을 저지르고도 남과 자신을 비교하는 것으로 그 죄과를 경감시키려는 사람들이 넘쳐 났다. 해정 역시 그중 하나였다.

남의 집안일이라고 참 함부로도 말하는구나.

저희 집 얘기도 그랬죠. 아줌마도 방금 전에 그러셨잖아요?

그건 사실이지. 나는 사실만 말했다.

손녀가 딱 잘라 뇌까렸다.

저도 그래요.

해정이 시선을 돌렸다. 다시 휴대폰으로 손을 가져갔다.

다시 전화할 필요 없어.

그럼 언제까지 이런 얘길 계속해야 하죠?

넌 이미 날 협박했어. 남의 남편을 건드린 걸로도 모자라서, 너 참 대단하게도 자랐다.

유년기의 그녀를 알고 있다는 말은 언제나처럼 해정을 갑작스러운 불안으로 이끌었다. 최면과 비슷했다. 심장 뛰는 소리가 귓가에 울렸다. 토하고 싶었다. 부위별 통증을 뜻하는 혼란스러운 단어들이 뇌리를 스쳤다. 통증마저 방치해 버리고 싶을 만큼 피로가 밀려왔다. 현기증과 동통이 느껴졌다.

손녀는 해정을 향해 손을 뻗었다.

반찬 통 이리 다오.

왜요, 가시게요?

그걸 바라고 날 기죽인 거 아니냐? 돈 줄 테니 먹고 떨어지든지 아니면 내 살 길은 나 혼자 찾아라, 넌 상관없다, 뭐 이런 거잖아.

손녀가 쇼핑백을 받아 들어 그 안을 확인했다. 해정은 무심코 물었다.

그래서 남들한테 떠들고 다니기라도 하실 건가요?

해야 할 필요가 있다면 하겠지.

아까도 말했지만 그렇게 해 봤자 아주머니한테 좋을 게 하나도 없어요. 그 집 부인이 알게 된다 해도 결국은 일을 다 덮으려 들게 틀림없으니까요.

잘도 아는구나.

손녀의 대꾸는 얼핏 조롱으로도, 자조로도 들렸다. 그녀는 고개를 들고 분한 얼굴로 해정과 눈을 맞췄다.

너도 알겠지만 우리 정선이는 지금도 취직 준비 중이야. 애가 욕심이 좀 많거든. 공부 열정도 많고. 너랑도 인터넷 뭐 그걸로 친구 사이라면서.

해정을 노려보며 말을 이었다.

네 말이 맞다. 내가 뭘 어쩌겠니. 널 타일러서 바르게 살게 만드는 거 말고 달리 뭘 더 하겠어. 그 집은 좋은 집이고, 나한테는 아주 좋은 일자리다. 내 딸내미, 내 가족 생각해서도 난 못 그만둬. 그만두게 될 만한 짓도 섣불리 못 해. 그러니 네 말이 옳다. 난 이대로 귀 막고 눈 감고 죽은 듯 살아야겠지. 그런데 해정아, 옛정 생각해서 하나만 짚고 가자.

손녀는 쇼핑백 든 손을 꼭 주먹 쥔 채 말을 이었다.

우리 정선이랑은 친구 하지 마. 다시는 가까이 하지도 말고, 인터넷 그거 친구도 끊어. 우리 애한테도 내가 해 줄 말은 다 할 거야. 우리 애는 좋은 애야. 아주 착한 애다. 너랑 가깝게 지내는 건 내가 막을 거야.

해정은 손녀를 물끄러미 바라보았다. 정선이라니 까마득한 이름이었다. 만난 기억도 아득했다. 그러나 그런 것을 설명할 수는 없었다. 손녀에게 그런 사실은 아무 상관없을 것이 분명했다. 그녀에겐 그저 마지막으로 내뱉을 폭언이 필요했다. 그뿐이었다. 해정은 단지 자리를 지키고 있을 수밖에 없었다. 가만히 서서 손녀가 등을 돌리고 뒤뚱거리며 문을 나서는 것을 지켜보았다. 이윽고 문이 닫혔다. 언제나와 같이 적막이 찾아왔다. 해정 홀로 그 안에 남겨졌다.

그리고 어느 순간 전화가 걸려 왔다. 평소와 똑같은 파도 소리가 울려 퍼졌다. 발신자는 백원균이었다. 해정은 문득 조금 전 자신이 내뱉었던 말들을 떠올렸다.

원균을 처음 소개시켜 준 것은 그 자신도 예전 그와 사귄

적이 있는, 해정의 아는 언니였다. 끔찍한 부인과 사는 탓에
외로움을 많이 타는 사람이라고 했다. 만남을 지속하는 동안
에는 그리 나쁘지 않게 대접해 주니 다른 부분은 그럭저럭
참을 만하다고도 했다. 부잣집 자식이라서인지 특이한 구석
이 좀 있다는 말도 잊지 않았다. 백원균은 오래전부터 그녀들
무리에서 유명한 남자였다.

여보세요.

응, 전화했더라. 기분 좀 풀린 거니? 목소리는 왜 그래.

비가 와서 그런가, 좀 춥네요.

어딘데?

집이요.

내가 갈까?

왜요?

원균은 잠시 말이 없었다.

보고 싶어서 그렇지. 왜냐니, 아직도 화가 덜 풀렸구나. 혼
자 다녀오게 해서 미안해. 외로웠어?

해정은 대꾸하지 않았다. 한 손으로 아랫배를 지그시 눌렀
다. 통증이 느껴졌다.

말해 봐. 내가 뭐라고 사과해야 좋을까.

어차피 그녀는 원균에게 손녀와의 일을 밝힐 수 없었다. 협
박이랄 것도 없는 거짓말이었다. 원균이 그 일을 알게 된다면

그는 아마 자신과 헤어지기를 택할 것이다. 그들이 함께 속해 있는 세계에 그 사연을 퍼뜨릴 것이다. 때로는 그 시시한 농담에 해정의 과거사가 포함될지도 몰랐다. 그는 그 말들을 밟고서 다시금 어딘가로 향하겠지만 그녀는 기나긴 시간 농담 곁에 남겨져야만 했다. 그것은 죽음과도 같았다. 과거와 미래가 동일해지는 것. 오직 과거만이 시간을 지탱하게 되는 것. 그것이 해정이 지닌 가장 큰 공포였다. 그렇게 살 수는 없었다. 모두에게는 각자의 몫이 있었다. 선택으로 무언가 바꿀 수 있다면 폭력 또한 평온의 일부가 될 수 있었다.

내가 뭐라고 말했으면 좋겠어?

휴대폰 속 원균이 재차 물었다. 그녀는 답하지 않았다. 둘 사이에 침묵이 이어졌다.

4장

매달려 있다.

왜 저렇게 둔 것인지 알 수가 없다. 운전석 백미러에 작은 곰 인형이 노끈으로 칭칭 감겨 있는 것이다. 예전에는 그런 이해할 수 없는 점들이 병식의 매력으로 느껴졌다. 그는 연주가 알지 못하는 세계에 속해 있었다. 그녀는 가끔 그의 세계로 이끌려 들어갔다. 때로는 그녀가 그를 자신의 세계로 이끌었다. 그러나 연주는 여전히 이해할 수 없었다. 차가 달릴 때마다 곰 인형의 오염된 팔다리가 흔들렸다.

어쩔 수가 없다고 했잖아. 내 사정은 왜 조금도 생각을 못 해? 넌 왜 끝까지 네 생각밖에 못 하냐고!

흥분하지 마. 전부터 부탁했던 일이잖아.

부탁? 여러 번 말하면 모든 게 부탁이 돼? 부탁이랑 명령 이 구분이 안 가나 본데.

병식이 버럭 성을 냈다. 운전대를 내려쳤다. 뒷좌석의 태영 이 작게 혀를 찼다. 연주는 수치심에 창밖으로 시선을 돌렸다. 하필 이런 날 태영을 동반한 병식이 놀라웠다. 이런 대화가 예고된 자리에 타인을 끌어들이는 그를 이해할 수 없었다. 그 는 종종 그녀에게 하염없이 낯설었다. 알고 있던 사실이기에 차마 화를 낼 수조차 없었다. 연주는 자신이 병식 같은 상대 에게 끌리는 까닭을 할머니에게서 찾았다. 복자와 그가 닮지 않았더라면 그들의 관계는 처음부터 시작되지 않았을지도 몰 랐다.

난 못 가. 이 꼴로 대체 뭘, 어딜 가. 내가 못 간다고 했잖 아. 내가 그걸 못 하겠다고 했잖아. 근데 넌 왜 그걸 납득을 못 해?

병식이 그녀를 돌아보았다. 표정을 일그러뜨렸다. 연주는 그가 화를 가라앉히기를 바랐다. 태영에게 창피해서만은 아 니었다. 오늘만큼은 반드시 그를 설득해야만 했다. 지금까지 그녀는 그와의 관계를 최대한 긍정적으로 바라보려 노력해 왔다. 복자와 병식은 둘 다 자기중심적인 기질을 갖고 있었 지만 서로 똑같지는 않았다. 할머니와 달리 병식은 때로 연주 의 말에 진지하게 귀 기울이는 사람이었다. 그녀는 그렇게 믿어 왔다. 그 믿음이 관계의 원동력이었다.

며칠 전부터, 아니 몇 주 전부터 얘기했는데 갑자기 왜 그래. 할머니가 꼭 한번 봤으면 한다고. 여태 한 번도 인사 안 드려서 나만 꾸중하신다고 했었잖아. 그래서 너도 그럴 수 있겠다 했었고. 한번 뵐 때가 된 거 같다고 말했던 거 벌써 잊었니?

누가 잊었댔어? 지금 내가 하는 얘기가 그거야?

그럼 왜 그래. 왜 또 갑자기 못 보겠다고 해. 어제 내가 물어봤을 땐 아무 말도 안 했잖아. 아무렇지 않은 것처럼 했으면서 왜…….

어제 한 얘기랑 오늘 한 얘기랑 같아? 와, 정말 돌겠네. 너한텐 그게 똑같냐?

병식이 다시 한번 운전대를 세게 내리쳤다. 신호등에 걸려 차가 멈췄다. 거친 운전에 몸이 앞으로 쏠려 나온 태영이 작게 욕설을 뱉었다. 연주가 슬쩍 뒷좌석을 흘겼다. 시선이 마주치자 태영은 멋쩍은 듯 혀를 차고는 눈길을 돌렸다.

그래. 그건 나도 미안해. 그 할아버지가 오늘 같이 나오실 줄 몰랐어.

병식이 연주를 노려보았다. 기가 차다는 듯 웃었다.

그걸 왜 몰라 멍청아, 같은 교회 다닌다면서. 끝나면 같이 나오지 그럼 노인네들이 따로 나오겠어? 너 솔직히 이거 다

계획이지?

말 곱게 써.

왜, 노인네라고 해서 기분 더럽냐? 나한텐 평소에 그 욕을 다 해 놓고 내가 그러니까 기분 더러워?

말 곱게 하라니까. 계획이라니 그게 할 말이니?

그러게 네가 나를 네 맘대로 휘두르려고 안 하면 됐잖아. 너는 네 맘대로 다 하고, 나는 그러면 안 돼?

그런 문제가 아니잖아. 넌 정말…….

연주가 입술 안쪽을 깨물었다. 중앙 백미러에 비친 태영의 표정을 훔쳐보았다. 그는 여전히 고개를 숙이고 있었다. 병식과 태영은 함께 일하는 동료였다. 20대엔 음악을 하겠다며 어울렸었고 시간이 흐른 후에는 친구 하나를 더 끌어들여 사업을 벌였다. 오프라인에서 음악 학원을 차리고 온라인에서 각종 악기 판매를 겸했다. 연주가 자세히 알지 못하는 다른 일들을 차례로 더해 나갔다. 연주는 그들 모두와 잘 아는 사이였다. 같이 모이는 일도 꽤 잦았다. 병식이 원해서였다.

병식은 일 얘기가 나오면 쉽게 자존심을 다치곤 했다. 그러나 친구 문제는 달랐다. 그의 친구들과 연주를 어울리게 하길 좋아했다. 친구들에게 연주를 보여 주길 좋아했다. 그 점은 한때 연주에게 그의 큰 매력이었다. 그러나 시간이 흐르며 때로는 의문이 들었다. 과연 모든 일들이 연주가 생각했던 이유에 따라 이뤄졌던 것일까.

아무튼 난 못 가. 너 혼자 가든지 말든지 알아서 해. 너네 식구니까 네가 알아서 같이 밥을 먹든지 말든지.

혹시 너 처음부터 그럴 생각이었니? 그래서 지금 기다렸다는 듯이 나 몰라라 하는 거야? 넌 정말 약속이란 개념이 없어. 나랑 한 약속이 그렇게…….

아 진짜!

병식이 소리를 질렀다. 운전대를 내리치자 경적이 울렸다. 연주가 화들짝 놀라 굳었다.

어디서 사람을 사기 친 걸로 몰아! 네가 그랬지 내가 그랬어? 말은 바로 해야지 어?

소리 그만 지르라니까!

왜, 내가 틀린 말 했냐? 너 같으면 남 보는 자리에 이 꼴로 가고 싶겠어? 너희 할머니도 아니고 생판 남을 어떻게 보냐고! 생각이 있으면 내 입장 좀 돼 봐. 내가 창피한 꼴로 가면 너희 할머니가 날 잘도 좋게 보시겠다. 내가 쪽팔리면 결국 너희 집안이 다 쪽팔리게 되는 거야. 너도 네 욕심만 챙기지 말고 생각을 좀 해 봐.

듣다 못한 연주가 허탈하게 코웃음 쳤다.

그게 네가 할 말이니? 네가 언제부터 우리 집안 사정까지 챙겼다고. 그리고 너 그럼 우리 할머니는 안 중요했어? 처음

부터 잘 차려 입고 나왔으면 됐잖아. 우리 할머니 볼 때는 상
관없고 다른 사람은 중요하다니. 그게 말이 되는 얘기야?

말을 뱉으며 백미러로 태영을 다시 곁눈질했다. 그는 고개
를 반듯하게 들고 있었다. 표정이 어두웠다.

내가 지금 몇 번 설명해!

병식이 답답하다는 듯이 외쳤다. 큰 한숨을 내쉬었다. 손으
로 머리칼을 쥐어뜯었다. 흥분을 가라앉히듯 심호흡을 하더
니 한 번 더 긴 한숨을 뱉었다.

너는 세상 물정이란 걸 몰라. 네가 내 사정을 다 알아? 너
오늘 내가 무슨 일을, 어디서, 어떻게 겪고 왔는지 다 알아?
나는 너랑 달라. 하루하루 뼈 빠지게 일해서 입에 풀칠하고
살아.

그 얘기가 거기서 왜 나와.

들어. 그냥 좀 들어. 나 오늘, 너희 할머니 만나려고 생각했
어. 어제도 너랑 그 얘기 잠깐 했었고, 나도 마음먹은 게 있었
다고. 그래. 까짓거 그럴 수도 있지. 사귄 지도 꽤 됐고 하니까
예의상 인사드리는 게 도리지. 네가 결혼 얘기 꺼내면서 내 속
은근히 떠보는 것도 진작 알았지만 그러고도 참았어. 내 사정
은 너도 다 알 거고, 그럼 내가 돈 없는 것도 다 알 테고!

병식의 말끝이 고함지르듯 사나워졌다. 연주도 기어이 목
소리를 높였다.

그러니까 그런 얘길 지금 왜 하냐고 했잖아!

까놓고 말해서 너희 할머니 만나면 안 물어 보겠어? 너랑 나랑 어디까지 갈 생각인지 그거 말하러 가는 거잖아! 아냐? 근데 그럼 내가 뭐라고 해야겠어. 돈 한 푼 없고, 어? 그렇다고 신세 질 생각도 없다고 그런 얘기나 해야겠냐?

그 말이 지금 왜 필요하니? 너 애야? 그런 얘길 나한테 일일이 다 해야 돼?

왜, 듣기 싫어? 모른 체하고 싶어?

그게 아니잖아. 백 선생님도 오신다는데 어쩌면 좋을지 상의하다 말고 갑자기 그 얘기를 왜 꺼내냐는 거지!

연주는 저도 모르게 스커트 자락을 움켜쥐었다. 스타킹에 감싸인 허벅지가 훤히 드러났다. 태영의 눈길이 무심코 거기 가닿았다. 그녀는 눈치채지 못한 채 말을 이었다.

너 부담 주려고 하는 거 아니야. 말했잖아. 결혼 재촉할 생각 없다고. 혹시 그런 얘기가 나온다고 해도 너한테 경제적인 부담 떠넘길 생각 전혀 없다고.

병식은 그 말에 한층 더 얼굴을 일그러뜨렸다.

그것부터가 난 기분 더러워. 선심 써 주겠다는 거야 뭐야?

그가 연주를 돌아보았다. 곁눈으로 노려보며 말했다.

지금도 나, 너 만나기 직전까지 일 터진 거 몸으로 때우고 오느라 정신없었어. 나나 태영이 형이나 지금 제정신도 아니고 주말이니 뭐니 그런 것도 잊었어. 그래도 자꾸 내가 이런 나를 부끄러워하고 너희 할머니 앞에서 숨고, 날 숨기려 들고!

병식은 감정을 주체 못 하고 말을 끊었다. 상기된 얼굴로 목을 가다듬었다.

그럼 안 될 거 같아서, 그냥 이 꼴로라도, 다 까놓고, 내려놓고, 너희 할머니 보려고 했던 거야. 그걸 네가, 시발, 다 아냐? 그래서 선심 써 주겠다고 그런 소리나 지껄이고 있는 거야 지금?

무슨 말을 그렇게 꼬아서 들어! 내가 너한테 뭐라고 했는데. 다 너 마음 편해지라고 하는 얘기잖아!

근데 왜 못 알아듣는 척을 해. 너희 할머니 보는 거하고 딴 사람 더 만나는 거하고 같을 수가 없는 거지. 넌 내가 어디까지 양보했으면 좋겠는데?

연주는 대꾸하지 않았다. 쉴새없이 씹힌 입술 안쪽에서 피가 흘렀다. 상황이 불리하게 돌아가고 있었다. 익숙한 전개였다. 그는 매번 이런 식이었다. 마치 그녀가 하는 말을 하나도 듣지 않고 있는 것 같았다. 그에게 필요한 말들은 이미 정해져 있는지도 몰랐다. 원하는 결과가 정해져 있는 까닭이었다. 그 밖의 모든 것을 그는 처음부터 몰랐던 것처럼 무시하곤 했다. 자기 슬픔이나 분노에 도취되어 눈과 귀를 막았다.

야, 새끼야, 뭘 그래…….

설상가상으로 태영이 병식을 달래기 시작했다. 병식은 어느새 눈가가 붉었다. 태영이 손을 운전석 너머로 뻗어 그의 어깨를 두드렸다. 뒷머리를 헝클었다.

아, 씨, 네가 뭐 죄지었냐. 그건 아니잖아. 그렇다고 욕을 왜 해 애인한테. 서로 뭘 어쩔 수 있는 것도 아닌데.

나라고 이런 상황이 좋은 게 아니니까 그렇지. 내가 뭘 잘못한 게 있어야 벌을 받는구나 할 텐데……. 세상이 뭐가 이렇게 좆같냐고.

연주는 아무 말도 못 하고 병식을 바라보았다. 그러다 천천히 고개를 돌렸다. 차창 밖을 내다보았다. 그가 그런 식으로 얘기를 시작하는 순간 그녀는 늘 할 말이 없어지곤 했다. 그의 감정 토로는 언제부턴가 지나칠 만큼 노골적이었다. 진실한 만큼 확신에 차 있었다. 때로 기준 없는 죄책감이 느껴질 정도였다. 그러나 시간이 지나고 토로의 열기가 식고 나면 죄책감은 점차 또 다른 감정으로 변했다. 환멸이었다.

그래서 어떻게 했으면 좋겠니. 지금도 넌 바쁜 것 같은데. 다시 다른 날 약속 잡기도 어려울 만큼 바쁜 거 맞지?

병식이 그녀를 바라보았다.

상황이 좋진 않아. 너한테 다 설명할 수 있는 문제가 아니야.

네 사업이 왜 항상 그런 건지는 안 물을게. 네 말대로 내가 너를 모르니까, 너는 너만의 문제가 있을 테니까.

화났다 이거야? 너도 말 곱게 해라.

그런 거 아니야. 시기가 너무 안 좋단 거잖아. 나도 그걸 못 알아들을 정도는 아니야. 사업 얘기 더 하고 싶지도 않고.

그 말을 맺는 동시에 문득 연주와 태영의 눈길이 마주쳤다. 태영은 겸연쩍은 얼굴을 하고 있었다. 그러나 배려가 아닌 피로에 근거한 표정이었다. 언제든 방어적으로 변할 수 있을 것 같은 침묵이 거기 자리잡고 있었다. 연주는 느리게 눈을 깜빡였다. 병식을 보며 말했다.

어차피 교회도 거의 다 왔어. 여기서 반 블록도 안 가.

그래서 뭐?

병식의 눈가는 아직도 붉었다. 두 눈 역시 충혈된 채였다. 연주는 나직이 말했다.

내려 줘.

여기다?

그럼 교회까지 갔다가 할머니랑 마주칠 거니? 백 선생님 앞에서 인사도 안 하고 그냥 가는 모습 보이고 싶으면 그렇게 해.

공격적인 체념이었다. 병식은 입을 벌렸다. 미간을 구겼다. 연주를 보며 코웃음을 쳤다.

넌 꼭 그렇게 말을 하고 싶어? 진짜 질린다.

미안해.

내리려면 내려. 나도 너 못 잡아.

그가 길에 차를 세웠다. 아파트 앞 울타리에 이름 모를 꽃이 한가득 피어 있었다. 연주는 가방을 챙기고 옷매무새를 바로 했다. 그제야 말려 올라가 있던 치맛자락이 눈에 들어왔다. 참담했다.

그녀는 차에서 내리려다 말고 한 번 더 병식을 돌아보았다. 그는 그런 상황이면 늘 그래 왔듯이 딴 곳에 시선을 두고 있었다. 할 말이라곤 더 이상 아무것도 없다는 식이었다.

그래서, 이게 끝이야?

연주가 물었다. 태영이 그녀를 돌아보았다. 병식은 고개를 돌리지 않았다. 오른쪽 백미러에 눈길을 고정한 채였다. 그의 귀가 붉었다. 옆얼굴이 경직되어 있었다. 연주는 잠시 그 모습을 물끄러미 바라보다가 거리에 내려섰다. 혼자서 교회로 걸어갔다. 병식과 태영을 실은 지프가 그녀 곁을 지나갔다.

더 이상 할 수 있는 일이 없었다. 연주는 교회 마당의 벤치에 앉아 할머니와 백 노인이 나오기를 기다렸다. 멍하니 앞을 바라보았다. 뜰에 먼지가 일고 있었다. 오늘 교회에서 무슨 바자회가 있는 건지 알록달록한 현수막이 눈에 들어왔다.

잠시 후 교회 건물에서 찬송가가 울려 퍼져 나왔다. 예배 끝날 시간이 다 되어 있었다. 우두커니 앉아 찬송가를 듣다 보니 졸음이 밀려왔다. 피곤했다. 그녀는 무심코 눈을 감았다. 온 몸이 무거웠다. 병식이 떠올랐다. 그를 이해할 수 있을 것 같기도 했다. 일시적인 감정일지도 몰랐다. 그러나 이 순간만큼은 그를 용서하고, 이해할 수 있다고 믿는 편이 더 쉽고 익숙했다. 그녀는 잠드는 시늉을 해 보았다.

눈이 무거워지고 호흡이 느려졌다. 가슴에서 배로 숨이 옮겨 가는 것이 느껴졌다. 사람들이 밀려 나오고 있었다. 아직도 음악은 계속되고 있었다. 노래 없이 반주뿐이었다.

왜 여기 혼자뿐이야?

복자였다. 소리 없이 나타나 있었다. 복자 역시 혼자였다.

백 선생님은요?

안에 계신다. 너는 뭐냐, 바람이라도 맞았어?

그런 거 아녜요.

왜 그럼 청승 떨고 이런 데 앉아 있어? 병석인가 병식인가 하는 그놈은 어디로 가고 왜 너 혼자야 또?

소리 좀 지르지 마세요.

내가 너 이러고 있는 꼴을 봤는데 어떻게 복장이 안 터져! 그놈이랑 싸우기라도 했니? 너도 참 미련하다. 미련해!

복자의 얼굴이 일그러졌다. 탄식과 한숨이 이어졌다. 그녀는 연주의 예상보다 더 화를 내고 있었다. 적당한 핑계로 넘어갈 수 있을 줄 알았으나 그렇지 않았다. 문득 짐작 가는 구석이 있었다. 연주가 물었다.

설마 백 선생님까지 식사에 초대하셨어요?

복자가 손으로 이마를 짚었다. 신음을 뱉었다.

내가 너 때문에 정말 창피해서 못 살겠다. 나부터 미리 나와
보길 잘 했지. 이러고 앉아 있는 꼴을 창피해서 어떻게 보여.

충분한 답변이었다. 연주가 한숨을 삼켰다.

왜 그러셨어요. 저한테 물어 보셨어야죠. 애초에 오늘도 할
머니하고 저희하고 셋이서 보자고 한 거였잖아요. 근데 왜 백
선생님까지…….

그 말에 복자가 눈을 치켜떴다.

그럼 그런 자리에 따돌리기라도 하자는 거야 뭐야. 가뜩이
나 저번 일 때문에 우리 보기 힘들어 하는 양반한테. 왜, 병
식인가 하는 놈이 너한테 뭐라고 하기라도 했어? 그래? 바른
대로 말해 봐. 그놈이 그래서 못 나오겠다 그랬어?

아니라니깐요!

이게 어디서 소리를 질러, 사람들 보는 줄도 모르고.

연주는 할머니 역시 마찬가지라고 말하려다가 그만두었다.
창백한 얼굴로 두 손을 맞잡았다. 습관처럼 손가락을 비틀었
다. 조금 전 상처를 냈던 입술 안쪽을 다시 깨물었다. 피가 흘
러나와도 그만두지 않았다.

정말 내가 너 때문에.

복자가 그 꼴을 보며 못마땅해 이맛살을 찌푸렸다. 분에 못 이겨 말도 없이 돌아섰다. 교회 건물로 향했다. 연주가 물었다.

어디 가세요?

선생님 모시러 간다. 너 때문에 내 속이 다 뒤집어져!

쌀쌀맞은 대꾸였다. 연주는 멀어지는 뒷모습에 마른침을 삼켰다.

여기서 혹시라도 선생님 나오시나 잘 보고 있어.

복자가 뒤를 돌아보며 말했다. 연주는 고개를 끄덕였다. 밀려오던 졸음이 두통으로 변해 가고 있었다. 그녀는 손으로 내리쬐는 햇볕을 가렸다. 주위는 예배를 마치고 나온 신자들로 점차 북적였다. 대부분 손에 크고 작은 꾸러미가 들려 있었다. 바자회에서 구매한 물건들인 것 같았다. 모두가 연주를 지나쳐 갔고 그중 몇몇은 그녀에게 잠시 눈길을 주었다. 한가로운 사람들이었다.

잠시 후 복자와 현석이 나왔다. 잘 차려입은 두 노인의 모습은 사람들 사이에서도 금세 눈에 띄었다. 연주는 자리에서 일어나 잔디밭의 둘에게로 다가갔다. 이럴 줄 알았다면 처음부터 병식의 차를 얻어 타고 올 것이 아니라 그녀의 차를 가지고 왔어야 했다. 판단 실수였다. 언제나처럼.

현석은 흰 여름 정장 차림에 지팡이를 짚고 있었다. 다른

한 손에는 바자회 물건이 담긴 봉지가 들려 있었다. 연주는 미소 지으며 다가가 그에게 예의 바르게 인사를 건넸다.

안녕하세요, 선생님. 잘 지내셨어요? 짐 들어 드릴까요?

예전 복자와 함께 그를 만난 뒤 처음으로 재회하는 자리였다. 현석은 그때 일 때문인지 아직도 연주가 조금 어색한 것 같았다. 가까이서 보니 그는 꽤 초췌했다. 이전과는 사뭇 다른 모습이었다. 주름이 깊어졌고 기운이 없었다. 그의 손에 들린 봉지 안에는 참외들이 담겨 있었다.

아, 괜찮아요. 이 정도는 혼자 들 수 있어요. 그동안 잘 지냈습니까? 지난번엔 별로 얘기도 못 나누고 보내서…….

현석이 머쓱하게 웃으며 말끝을 흐렸다. 연주가 급히 말을 받았다.

아뇨. 저야 뭐…….

그녀 역시 별달리 할 말이 없었다. 복자가 끼어들어 웃으며 화제를 돌렸다.

지나간 얘길 뭐하러 다시 해요? 그보다 얼른 식사나 하러 가요. 얘 동행은 오늘 일이 있답니다. 사업하는 친구라 원래 종종 그래요. 이제 막 사업을 확장하는 시기라 주말도 없고 바쁘대요.

식사하는 곳엔 제가 모시고 갈게요.

차는 있고?

복자가 연주를 돌아보며 물었다. 연주는 말문이 막혔다. 복자가 혀를 차며 웃었다.

차도 안 가져왔으면서 누가 누굴 모셔? 말이야 바른 말이지 우리가 널 모시는 셈 아니냐. 그렇잖아요 선생님?

립스틱. 입술. 눈. 할머니의 주름진 눈꺼풀을 연주는 물끄러미 바라보았다. 조금 전까지 화를 내던 사람으로는 보이지 않는 표정이 거기 걸려 있었다. 흠잡을 데 없었다. 가느다랗게 접혀 웃는 눈으로 복자는 현석에게서 참외 봉지를 빼앗았다. 연주에게 건넸다.

몸도 안 좋은 분 언제까지 짐 들고 서 계시게 할 거야? 이런 걸 빨리 받아 들어야지. 하여간 굼떠서, 원.

아이고, 괜찮다니까요. 이런 것도 직접 못 들면 안 돼죠.

우리가 젊은 사람하고 같나요? 맡길 건 맡기고 사세요.

봉지는 묵직했다. 연주는 발바닥으로 구두 굽을 느꼈다. 5센티미터의 작고 단단한 굽이 소리 없이 잔디밭을 딛고 서 있었다. 굽은 그녀의 체중에 의해 천천히 땅으로 파고들고 있는 것 같았다. 흙이 으깨지고. 굽 끝이 축축해지고.

애가 아까부터 시무룩해서는.

복자가 현석을 보며 농담처럼 말했다.

애인도 없는 자리에서 늙은이 둘이랑 무슨 재밌는 꼴을 보겠나 싶은가 봐요. 젊은 애가 표정이 왜 그 모양이야. 내 손녀지만 이럴 때는 참 요즘 애들 안 같게 숫기 없는 게 참.

복자의 웃음은 병식의 빈자리를 매립하고 있는 것처럼 보였다. 그녀에게 상황을 떠맡겨 버린 셈이었다. 노인들의 뒤를 따라가며 연주는 느리게 호흡을 골랐다. 떠맡겼다고도 할 수 없었다. 처음부터 상황은 연주의 통제를 벗어나 있었다. 통제나 의지라는 단어가 무색했다. 우스꽝스러웠고, 익숙한 무력감이 느껴졌다. 뙤약볕에 눈이 부셨다.

숫기 없는 게 어때서요. 요즘 애들 같은 게 뭐 좋은 건가.

주차장 쪽으로 걸어가며 현석이 웃었다.

윤 여사가 요즘 애들을 안 겪어 봐서 그래요.

뭘 안 겪어 봐요? 얘가 하는 카페만 가 봐도 순 젊은 애들 천지인데. 선생님보다는 아무렴 제가 더 잘 알죠.

복자의 대꾸에 현석이 할 말이 없다는 듯 웃음을 터뜨렸다. 연주는 말없이 그들의 대화를 들었다. 상황을 수습해 가는 할머니가 지겹도록 익숙했다. 노인의 태도는 수치심을 완벽히 은폐하고 있었다. 아예 없었던 것처럼 만들고 있었다. 후회는 더더욱 보이지 않았다. 연주가 불러일으킨 사소한 문제에 복자의 책임은 없었다. 그녀는 그저 연주의 실수를 수습하고 있을 뿐이었다. 연주는 그 실수가 온전히 자기 책임이라는 것을 깨달았다. 적어도 복자는 그렇게 판단하고 있었다.

복자가 느닷없이 현석을 끌어들이지 않았더라면, 적어도

그 소식을 미리 연주에게 전해 줬더라면, 병식은 약속을 어기지 않았을지도 모른다. 그러나 연주는 그 생각을 떨쳐야만 했다. 할머니를 원망하는 것은 부끄러운 짓이었다. 이런 일의 책임이란 대개 그랬다. 책임을 지지 않으려면 다른 이에게 그 책임을 떠넘겨야 했다. 기준점을 사이에 두고 천천히 낙하하는 중량. 무게를 받아 넘기기 위해서는 자기변호가 필요했다. 어쩔 수 없었다고. 충돌은 예정되어 있었다고. 불운은 언제나 계획의 일부여야만 했다고. 나는…… 나의 외부는…….

파렴치의 기준을 이해할 수 없었다. 병식은 연주가 하지 못하는 말을 내뱉기를 주저하지 않았다. 복자도 그랬다. 변호에 능숙해진 나머지 아예 다른 것으로 변질되는 문장들. 그들은 쉽게 눈물 흘리고 웃고 목소리를 높였다. 그들 앞에서 연주는 불안정했다. 마찰에 지쳐 있었다. 누군가 보다 객관적으로 이것을 볼 수 있다면 모든 과정을 정확히 이해할 수 있을지도 모른다. 그러나 아무도 그렇게 하지 않았다. 이미지는 과잉되고 사실들은 분해되거나 희미해져 가고 있었다. 이것이 세상일까. 이것이 전부일까.

그녀는 그들과 달라지기 위해 거듭 침묵을 택해야 했다. 침묵은 패배와 닮아 있었다. 그러나 패배조차 충분하지는 않았다. 그녀는 병식을 동정했다. 한편으론 그에게 희미한 분노를 느꼈다. 복자에게도, 그 밖의 모두에게도 그랬다.

햇볕이 지나치게 뜨거웠다. 연주는 어느 순간 침묵과 갈증 속에 있었다. 더는 바람조차 불지 않았다. 관심을 바랄 열의도 없었다.

식은땀이 느껴졌다.

무슨 생각을 그렇게 골똘히 하고 있어? 아주 넋이 빠져서는.

복자가 연주를 돌아보았다. 연주는 아무 말도 하지 못했다. 현석이 대신 복자를 향해 웃어 보였다.

거 가만 보니 손녀딸을 아주 못 잡아먹어서 안달입니다. 왜 그렇게 못되게 굴어요?

못되게 굴다니요, 얘는 이렇게 자꾸 누가 옆에서 뭐라 해 주질 않으면 혼자서 땅굴도 파고 들어갈 애예요. 내가 애를 키웠는데 그걸 모르겠어요?

그들은 교회 정문으로 걸어서 빠져 나가는 중이었다. 신도들의 차로 교회 앞길은 몹시 붐볐다. 복자는 그 혼잡이 싫어 조금 떨어진 유료 주차장에 차를 두곤 했다. 현석 역시 그에 이의가 없는 모양이었다.

현석은 지팡이를 짚은 탓인지 눈에 띄게 걸음걸이가 불균형했다. 연주는 그보다도 걸음이 느렸다. 어느새 뒤처져 있었다. 그가 걷다 말고 그녀를 돌아보았다. 농담인지 진담인지 모를 태도로 웃으며 말을 건넸다.

김 사장, 할머니가 뭐라고 하면 자꾸 가만 듣고 있지만 말고 나서서 좀 따지기도 해요. 전부터 봐도 그렇지만 김 사장은 사람이 너무 순해.

그런 건 아닌데…… 좋게 봐 주셔서 감사해요.

이런 이 사람, 핀잔을 해도 칭찬으로 듣네?

네?

현석이 콧잔등을 찡그려 웃었다.

순한 게 어디 칭찬만 되는 세상입니까, 요즘 세상이.

그거야, 그러게요. 그렇죠.

연주가 황급히 미소를 지었다. 손녀와 현석을 번갈아 본 복자가 쓴웃음을 섞어 푸념했다.

저렇게 생겨서 뭘 믿고 맡길 수 있겠어요. 다 자라서도 속은 물러 터져서는.

그러고는 현석에게 고개를 돌렸다.

그나저나 선생님, 다리 불편하신 거 아니에요? 편찮으시면 말씀을 하세요.

괜찮아요. 이 정도 거리야 거뜬합니다.

신경성 통증이었다. 자꾸 절뚝이는 다리로 현석은 일부러 더 힘차게 걸음을 내디뎠다. 조금 전 예배에서 아들 부부를 본 것이 아무래도 무릎 통증으로 이어진 모양이었다. 그 사실을 들키고 싶지 않았다. 적어도 연주 앞에서는 몹시 불편했다. 그녀를 보는 것만으로도 잊고 싶은 기억이 다시 떠올랐다.

물 좀 드려요?

복자가 가방에서 물병을 꺼냈다. 현석이 먼저 마시고 복자에게 돌려주었다. 복자도 물을 마셨다. 노인들의 입가에 물기가 흥건해졌다.

그렇게 전부터 교회 주차장을 넓힌다고 하더니 대체 일들을 어떻게 하는 건지. 이래서야 교회가 교회랍니까? 일요일만 되면 장이 난리니. 우리 같은 노인네들이 이렇게 멀리 걸어 나와야 하는 처지인데 신도 수는 늘려 뭣해요.

복자가 투덜거렸다.

주차장만 넓혀서는 안 됩니다. 길을 우선 더 터야 해요. 그러려면 옆에 부지를 더 사서 교회 땅을 늘리는 게 나을 텐데…….

선생님 다리 안 좋으시면 바로 말하세요. 뭐 급할 게 있다고 힘든데 걸어요? 아시겠죠?

현석이 알겠다고 답했다. 그러고는 상태를 확인해 보듯 절뚝이는 다리를 손으로 두들겼다.

멀지도 않은 길을 가면서 이 모양이니. 김 사장 미안해요.

잠자코 뒤를 따라가던 연주가 저는 괜찮다며 평소와 같은 답을 반복했다. 그 태도는 복자의 마음을 무겁게 만들었다. 노인은 이기적이었지만 가족의 심정마저 짐작하지 못할 만큼

둔하지는 않았다.

연주는 늘 헛생각이 많았다. 지금도 마찬가지였다. 혼자 생각에 잠긴 나머지 눈앞의 상황에 적응하지 못하고 있었다. 보나 마나 애인과의 일이 신경 쓰여서 그러는 것이 분명했다. 연주에게는 아직도 기대와 현실을 착각하는 나쁜 버릇이 있었다. 문장으로 구축되는 것이 오로지 진실이기를 바라는 기대. 그것을 버리지 않고는 무엇도 해결할 수 없다는 사실에 익숙해지지 못했다. 헛된 판단은 연주를 나약하게 만들었다. 현실에 기가 질려 무엇에도 대처하지 못하도록 만들었다. 반드시 고쳐야 할 습관이었다.

하나뿐인 손녀였다. 고작 병식과의 다툼 때문에 악습이 노출되는 것을 그저 지켜볼 수만은 없었다. 조치가 필요했다. 그것이야말로 복자가 살아가는 이유나 다름없었다.

연주야, 너 할머니 차 알지?

왜 그러세요?

왜기는, 선생님 힘드신 거 안 보여? 너 혼자 먼저 가서 차 좀 빼 와라. 요 앞 주차장이니까 바로 보일 거야. 우린 여기서 좀 쉬고 있을 테니까.

연주가 머뭇거리며 물었다.

이제 코앞인데, 여기 계셔도 괜찮으시겠어요? 그렇게 안 좋으세요?

우리 오래 기다리게 하기 싫으면 네가 빨리빨리 움직이면 될 거 아니냐. 헛생각하지 말고 얼른 갔다 와.

아니 나는 괜찮은데. 윤 여사, 그럴 것 없어요.

뭐하러 세 사람이 다 같이 가요. 차 빼오는 게 뭐 대수라고. 연주 시키세요. 그리고 우린 여기 그늘에서 좀 쉬어요.

복자가 단호하게 말했다. 현석을 횡단보도 근처 나무 그늘로 이끌었다. 아파트 단지 옆 가로수들 덕분에 생긴 그늘이었다. 연주는 새하얀 아파트 건물과 그늘의 두 노인을 물끄러미 바라보다가 횡단보도를 건너갔다. 주차장은 바로 모퉁이 돌아 있었다. 참외 봉지를 든 그녀의 모습이 모퉁이 너머로 사라졌다. 복자는 그 모습을 바라보다가 한숨을 내쉬었다.

왜 그래요?

현석이 물었다. 복자는 고개를 저었다.

선생님 물 좀 더 드려요?

아니 괜찮아요.

그녀는 가방에서 물을 꺼내 혼자 마셨다. 손으로 입가를 훔쳤다.

바자회라고 떠들썩하기만 했지 과일 좀 빼고는 볼 게 참 없었지 않아요? 일을 하려거든 다들 제대로 해야지. 시골하고 연계해서 무슨 친환경 농산물을 들여온다고들 그렇게 난리더니. 경품 추첨만 요란했지 뭐 볼 게 있었답니까.

그래도 교회에서 그런 행사를 해 주니까 사람들이 친환경이라든가 하는 데 더 관심을 갖는 것 아니겠습니까.

모르시는 소리…… 교회 아니어도 요새 사람들이 그런 데 얼마나 관심이 많은데요.

현석은 차츰 깨달았다. 복자는 정말 친환경 농산물 등에 관심을 갖고 있는 것이 아니었다. 그러나 그녀가 무슨 생각을 하고 있는지는 짐작할 수 없었다. 다리가 아파왔다. 아들 부부에 다시 생각이 미쳤다. 습관처럼 가슴이 허전해졌다.

그는 연주가 그날을 기억하고 있다는 것을 알았다. 그녀를 볼 때마다 표정에서 그것을 느낄 수 있었다. 원균과 소현은 오늘도 변함없이 교회에 나와 예배에 참석했다. 현석은 그 집을 나와 복자와 살기 시작한 뒤 가족과 아무런 연락도 하지 않았다. 이따금 손녀 생각이 났지만 수험생인 아이를 귀찮게 할 필요는 없었다. 소현의 모습은 아무렇지 않았다. 원균도 그랬다.

원균은 정말로 불륜을 저질렀을지도 모른다. 그렇다고 해서 노인이 할 수 있는 일은 없었다. 아들은 이미 그의 손을 떠난 지 오래였다. 질책으로 해결할 수 있는 문제가 아니라는 것은 현석도 알고 있었다. 그렇게 할수록 그들은 오히려 그를 멀리할 것이다. 그들이 만드는 혼란의 어디에도 현석의 자리는 없었다. 놀랍게도 그는 아들이 불륜을 저지르고 있다는 사실보다, 그들이 자신을 필요로 하지 않는다는 점에 좀 더

비통한 감정을 느끼고는 했다.

아니 쟤는 왜 또 차를 안 가지고 나와?

복자가 입을 열었다. 횡단보도 건너편을 보고 있었다. 연주의 모습이 다시 나타나 있었다. 참외 봉지 역시 그대로였다. 연주는 졸린 듯 가느다랗게 눈을 뜨고 하늘을 올려다보고 있었다. 숨길 수 없이 지쳐 보였다. 햇빛을 받은 창백한 얼굴과 가느다란 팔다리. 복자는 저도 모르게 한숨을 삼켰다.

어떻게 된 게 차 빼오는 것 하나를 제대로 못하고.

무슨 일이 있나 봅니다.

현석이 어렵사리 가족들 생각을 떨쳐 내며 물었다.

김 사장 차 키는 받아 갔어요?

그것이었다. 복자가 가방에서 키를 꺼내며 머쓱하게 헛웃음을 지었다.

내가 잊었으면 저라도 좀 달라 말할 것이지.

그러다 현석과 눈이 마주치고는 물었다.

근데 선생님은 또 왜 그렇게 표정이 안 좋으세요? 어디 몸이라도 정말 불편해요?

진심 어린 걱정이 담긴 눈빛이었다. 그 순간 현석은 자신의 감정을 솔직하게 털어놓고 싶어졌다. 소외. 가족. 무릎의 통증. 분노. 고독. 그러나 그것을 표현할 적당한 말이 떠오르지 않았다. 그는 복자가 믿을 만한 사람이라는 것을 알고 있었다. 누가 뭐라 하든 그녀는 그에게 상냥한 연인이었다.

말을 해 봐요. 왜 그래요?

현석이 말을 꺼내려 입술을 달싹였다. 그리고 그 순간 맞은편에서 굉음이 들렸다. 둘의 시선이 함께 그곳을 향했다. 도로 위에 참외들이 나동그라져 있었다. 그 앞에 쓰러진 오토바이에서 연기가 솟아오르고 있었다. 곁으로 널브러진 것은 연주였다.

인도와 차도를 가르는 울타리에 피가 묻어 있었다. 연주의 깨진 머리에서도 피가 흘러 나왔다. 현석은 직감적으로 알 수 있었다. 그는 지난날 전쟁에서 죽은 사람들을 본 적 있었다. 그때도 사람들은 쉽게 죽었다. 연주 역시 그들 중 하나가 되어 있었다. 즉사였다.

오토바이 운전자가 비틀거리며 일어나 연주에게로 다가갔다. 복자가 무너져 내렸다. 기듯이 꿈틀거렸다. 연주에게로 손을 뻗었다. 현석 역시 주저앉았다. 두 노인은 비명조차 지르지 못했다.

5장

눈이 온다. 요즘 자주 그렇다. 변기 뚜껑에 앉아, 태영은 좁은 창밖을 내다보았다. 진수가 사는 아파트는 특이하게도 화장실에 창이 나 있었다. 하늘만 올려다 보이는 위치. 너비 역시 몹시 좁았다. 얼굴을 간신히 내밀 만한 크기였다. 거기 흰눈이 흩날리고 있었다.

부엌에서 홍합 삶는 냄새가 풍겨 왔다. 엊그제 마트에서 사온 것이었다. 유모차에 개들을 태우고 간 날이었다. 태영과 마트 직원들이 유모차를 두고 실랑이를 하는 사이 진수는 혼자서 해산물 코너를 돌았다. 그러고는 할인 스티커가 붙은 홍합팩들을 들고 돌아왔다. 태영은 여동생의 그런 행동을 이해할 수 없었다. 그녀가 없는 사이 그는 유모차에 갇혀 불안에 떠는 개들과 그들을 적대시하는 마트 직원들 곁에 홀로 남겨져 있어야만 했다.

이혼한 뒤부터였다. 진수는 말수가 줄었다. 그리고 개를 키우기 시작했다. 포와 코는 연갈색 치와와들이었다. 둘 다 보호자인 진수를 무척이나 따랐다. 분리 불안 증세를 보일 때도 있었다. 진수는 개들을 위해 여러 가지 용품들을 골고루 구비했다. 그중에는 개들을 태우는 유모차도 있었다. 그때까지만 해도 그 유모차가 문제를 일으킬 거라고는 생각하지 않았다.

그는 휴대폰에 온 메시지를 다시 한번 확인했다.

사원들의 응대 미흡으로 불편을 드린 점 사과 말씀드립니다. 추후 정확한 안내 가능하도록 사원 교육 진행하겠습니다. 좋은 주말 되시고, 매장 방문 시 연락 주시면 차 한 잔 대접해 드리겠습니다. 지점장 드림.

진수가 알면 또 울 것이다. 이대로 못 본 척하는 수밖에 없었다. 주머니에 든 담배가 무거웠다. 겨우 한 개비. 끊겠다고 약속했지만 미련으로 남겨 두고 있었다.

오빠 무슨 일 있어?

진수였다. 욕실 문을 노크해 왔다. 감이 좋은 건지 지나치게 예민한 건지 알 수 없었다. 태영은 목을 가다듬고 답했다.

아니. 곧 나가.

폰을 주머니에 넣고 변기 물을 내렸다. 세면대에서 손 씻는

척을 했다. 문을 열자 진수는 그때까지도 문 앞에 있었다. 감은 눈으로 벽에 등을 기대고 선 채였다. 한 손에 수저가 들려 있었다. 그녀가 태영에게 수저를 건넸다.

맛 좀 봐. 뭔가 이상해.

왜, 뭐 문제 있어?

모르겠어. 내 입맛이 잘못됐나 봐.

상한 것처럼 역한 냄새가 난다고, 그녀는 덧붙였다. 화장실 모퉁이를 돌면 바로 주방이 나오는 구조였다. 주방 앞에는 작은 거실이 딸려 있었다. 거실 한구석에 덩그러니 놓인 애견 유모차가 태영의 눈에 밟혔다.

처음 유모차를 구입한 뒤 진수는 곧장 치와와들을 태우고 근처 대형 마트에 장을 보러 갔다. 태영도 함께였다. 그때까지 진수는 기분이 꽤 좋은 상태였다. 마트에 도착하자마자 보안 요원이 그들을 붙잡기 전까지만 해도 그랬다. 진작 확인해 둔 문제였다. 유모차를 구입하기 전 진수는 마트에 전화를 걸어 반입 가능 여부를 물었고, 흔쾌한 답변을 받았었다. 네. 가능하십니다.

그러나 그들은 마트 입구에서 저지당했다. 입구 옆 생활 용품 매장에 유모차를 세우고 보안 요원들과 실랑이를 벌였다. 진수는 처음 잠시 항변하다가 곧 입을 다물어 버렸다. 속이 뒤집힌 태영은 더욱 심하게 마트의 잘못을 따지고 들었다. 여동생은 곧잘 우울해지곤 했다. 한번 그렇게 되면 쉽게 회복되지 못했다. 긴장해서 우는 개들. 주위 손님들. 음악. 마트의 그밝은 로고송이 역해지는 순간이었다.

어때?

괜찮은데. 내 생각엔.

비린내 같은 거 나지 않아?

아니.

태영은 다시 국물을 입에 떠 넣었다. 부연 국물 안에 입을 벌린 홍합들이 가라앉아 있었다. 팔짱을 끼고 선 진수가 그를 빤히 바라보았다. 다른 양념을 넣지 않은 홍합탕은 짜고 비렸다. 이상할 정도로 강한 비린내가 입 안 가득 맴돌았다. 조금 쌉쌀한 끝 맛이 목에 남았다.

병식 오빠는 몇 시쯤 온대?

몰라, 저녁에 온다고는 했는데. 뭐 대충 밥 먹을 때쯤 올걸.

그게 언젠데?

차 없으니까 버스 타고 온대. 오기 전에 알아서 연락하겠지.

며칠 전 호주로 떠났던 병식에게서 잠깐 한국에 돌아왔다며 연락이 왔다. 오래 머물지 않고 다시 호주로 나갈 생각이라 했다. 아예 거기 시민이 될 계획인지도 몰랐다. 최근 그가 어떻게 지냈는지에 관해서 아는 사람은 거의 없었다. 사업에서 빠지고 워킹 홀리데이를 신청해 외국으로 나간 뒤 그는 누구와도 연락하지 않고 지냈다. 적어도 태영이 아는 사람들 중에는 그와 소식을 주고받은 이가 없었다. 태영 또한 마찬가지였다. 1년 반쯤 전, 병식의 오랜 연인이 죽었다. 교통 사고였다고 했다. 병식이 이곳을 떠난 건 그 때문이었다.

그것만이 아닐지도 모른다. 그렇다 해도 병식이 남들에게 밝힌 이유는 그것이 전부였다. 비극적인 사연이었다. 병식의 지인들 중에서도 태영은 망자와 비교적 가깝던 편이었다. 그는 아직 거의 잊지 않고 있었다. 연주가 죽던 날 태영은 그녀를 만났다. 그녀와 병식이 다투는 것을 곁에서 지켜보아야만 했다. 뚜렷한 기억이었다. 그러나 그 기억은 어쩐지 불가해했다. 소리가 들리고 눈에도 보였지만 의미를 알 수 없었다.

지금에 와서 태영이 이해할 수 있는 것들은 예컨대 이런 것들이었다. 짜디짠 홍합탕의 맛과 청양 고추를 잘게 다지는 진수의 손. 칼. 형광등 불빛. 다듬어진 부추. 그녀가 무슨 말을 꺼낼지 기다릴 때마다 드는 불안감.

그럼 마트 다녀오려거든 병식 오빠 오기 전에 얼른 나가야겠네?

진수가 물었다. 도마에 부딪히는 칼날 소리. 태영이 되물었다.

아니, 뭣 때문에 지금 거길 다시 가.

생각해 보긴 해야지. 유모차.

그녀가 칼을 내려놓았다. 태영에게 고개를 돌렸다. 그는 방어적으로 대꾸했다.

뭘 다시 생각해?

생각해 보는 거 아니었어? 그 사람들 말하는 대로 저걸 갖다 주든, 아니면 이대로 입 다물고 없었던 일로 하든.

진수가 고갯짓으로 유모차를 가리켰다. 신경질적으로 눈을 찡그렸다. 태영은 말문이 막혀 여동생을 바라보았다.

그날, 마트에 들어가지 못하도록 막는 보안 요원들에게 진수는 곧바로 휴대폰을 꺼내 보였다. 유모차 반입 여부를 묻기 위해 마트 직원과 통화했던 기록이 거기 고스란히 남아 있었다. 말을 잇지 못하는 요원들 앞에서 그녀는 목소리를 높였다. 유모차에 태우면 개들을 데리고 들어갈 수 있다고 해서 이걸 샀던 거예요. 전화했을 때는 된다고 했다가 막상 와 보니 안 된다고 하면 저희 심정이 어떻겠어요. 황당하잖아요. 무슨 몰상식한 사람들 대하듯이 여기 붙잡아 세워 놓고, 이게 뭐냐고요. 보안 요원들은 화를 내는 진수에게 진정하시라는 말만 몇 번이고 되풀이했다. 자신들이 어찌해 볼 수 있는 문제가 아니라고도 했다. 상급자가 필요하다는 이야기였다.

진수가 이상하게 굴기 시작한 것은 그때부터였다. 보안 요원들 중 하나가 무전기로 고객 관리 팀장을 불렀고, 그를 기다리는 동안 그녀는 쇼핑을 하고 오겠다며 사라졌다. 홍합을 사서 돌아왔다. 진수의 태도에는 일종의 기시감 같은 것이 깃들어 있었다. 언제부턴가 그들이 겪는 경험들은 그 성분과 관계없이 비슷한 성질을 띠곤 했다. 분노. 체념. 그녀는 일이 앞으로 어떻게 될지 알고 있는 듯했다.

홍합탕 냄새가 비렸다. 사방에서 짜고 역한 냄새가 풍겼다. 태영이 한숨을 삼켰다.

갑자기 왜 그래, 진수야. 왜 끝난 얘기를 다시 꺼내. 우리 이미 충분히 상의했잖아. 그리고 결정한 문제잖아.

상의했지. 근데 그때 전화하면서 그랬잖아. 다짜고짜 유모차를 내놓으라니 황당한 얘기지만 일단은 가족끼리 더 얘기해 보겠다고. 그 말 할 땐 우리 생각이 바뀔 수도 있다는 걸 전제한 거 아니야?

진수가 눈을 깜빡였다.

그게 어떻게 그런 뜻이야. 가족끼리 얘기한다는 건, 그냥 우리 심정이 어떤지 설명하느라 중간에 그냥 나온 얘기지.

그래서 오빠 생각은 뭐야. 그냥 저대로 두겠다는 거야? 이대로 이 문제를 끝냈으면 좋겠다는 거지?

내 말은 그게 아니라 만약에 네가 다른 생각이 있다면 왜 바로 말하지 않았냐는 거야. 이제 와서 갑자기 다시 생각해 보겠다는 말을 해도, 이미 다 끝나 버린 일인데. 우리가 끝내기로 한 건데.

그들을 보러 온 고객 관리 팀장은 시종일관 미안한 표정을 지었다. 친절했다. 그리고 보안 요원들과 같은 말을 반복했다. 자신이 어찌해 볼 수 있는 문제가 아니라는 얘기였다. 태영이 진수 대신 자신들을 변호했다.

저기요. 듣기에 이상하실지도 모르겠지만, 저희는 여기 오려고 유모차를 구입한 거나 마찬가지거든요. 여동생이 여길 자주 오니까요. 집에 개들 놔두고서 오래 마트에서 장 보기가 뭣하니까 유모차를 산 거라고요.

그는 팀장에게 그 사실을 이해시키기 위해 강진수라는 여자의 삶에 관해 조금 털어놓을 수밖에 없었다.

온종일 대부분의 시간을 집 안에서 보내는 무직자. 이혼녀. 앞으로 그녀의 인생이 완벽히 달라질 기회는 그리 많지 않을 것이다. 거의 없는 것이나 다름없어 보일 것이다. 몇 가지 단어로 축약된 이야기였지만 그것만으로도 지나치게 많은 것들이 암시되었다. 말을 멈추고 싶었지만 달리 할 수 있는 설명이 없었다. 어쩔 수 없는 일이었다.

그래. 미안해.

진수가 고개를 돌렸다. 말을 이었다.

근데 어쩌겠어. 나도 처음엔 다 귀찮아서, 더는 이번 일로 귀찮아지는 게 싫어서, 그냥 넘어가려고 했어. 그렇게 하면 마음 편해질 줄 알았지.

한숨. 태영은 동생을 착잡하게 바라보았다.

하고 싶은 말이 뭔데 그래서.

저게 꼴 보기가 싫어. 우리가 벌레 같아.

진수의 뺨에 눈물이 번졌다. 그녀의 손끝은 정확히 거실의 유모차를 향해 있었다. 거실에 모인 치와와들이 불안하게 주인의 눈치를 살폈다. 빌어먹을 유모차. 태영은 튀어나오는 욕설을 습관적으로 참았다.

고객 관리 팀장은 그의 설명을 다 듣고 난 뒤 한층 더 미안한 표정을 지었었다. 그러나 태영은 그게 좀처럼 진심으로 여겨지지 않았다. 시시한 음모 속으로 빠져드는 기분. 더러운 기시감.

팀장은 한 번 더 익숙한 말을 반복했다.

그런데 이건 정말 제가 어떻게 해 드릴 수 있는 문제가 아니라서요. 본사 차원에서 애견 유모차 동행을 금지하고 있어요.

태영이 말을 잘랐다.

그건 저희도 이해한다니까요? 그런데 이 과정에서 저희가 입은 피해가 분명히 있잖아요. 처음 전화했을 때 그 말을 들었더라면 여기까지 유모차를 가져올 일도 없었을 거고, 아예 유모차 사는 것도 다시 생각해 봤을 겁니다.

팀장의 곤혹스러운 미소.

네. 이해하죠. 그래서 아까부터 저도 말씀드리는 거예요.

그게 제 차원에서 해결해 드릴 수 있는 문제라면 참 좋을 텐데, 그럴 수가 없어요. 보상을 해 드리려고 해도 일단 저희 쪽 상급자와 본사에 보고가 들어가야 하거든요.

그들은 결국 무엇도 더 따지지 못하고 마트를 떠났다. 본사에서 지시가 내려오면 곧바로 다시 연락 주겠다는 팀장의 말에, 다른 할 말을 찾지 못해서였다. 팀장에게서 연락이 온 것은 다음 날 오전이었다. 본사 측에서 지령이 내려왔다고 했다. 마트 측에서 저지른 실수가 있는 게 확실하니 그에 따라 보상을 해 주겠다는 얘기였다. 단 조건이 있었다. 유모차의 용도가 마트 방문에 있었다는 진수 측의 주장에 따라 그것을 마트에 양도해 달라는 것이었다. 그렇게 한다면 유모차 값을 전액 환불해 주겠다고 했다. 그 연락을 받은 순간부터 태영의 하루는 참담해졌다. 진수는 오래 침묵했고 그러다 울음을 터뜨렸다. 사는 게 지겨워. 그 말을 되풀이했다.

지금도 진수는 결국 그 얘기였다. 불행을 즐기듯 곱씹으려 들고 있었다. 두 팔을 늘어뜨리고 충혈된 눈으로 태영을 바라보고 있었다. 그게 그녀가 할 수 있는 전부인 것처럼 굴고 있었다.

오빠 말 듣고 넘어가려 해 봤지만, 그거 사실 기만이잖아. 이 사람들 우릴 무슨 병신 취급한 거야. 마트에서 보상금이나 뜯어가려고 하는 거지들 취급한 거라고. 오빠도 그거 느꼈잖

아. 근데 우리 정말 이렇게 그냥 넘어가야 하는 거야? 이게 맞는 거야?

태영은 할 말이 없었다. 진수 말에 동의하는 것은 아니었지만 그렇다고 그 말이 틀렸다고 생각되지도 않았다. 그렇다 해도 달라질 것은 없었다. 이미 마트에 통보를 끝낸 뒤였다. 유모차는 이제 계속 그들 것일 수밖에 없었다.

제발 그만하자. 너도 동의해서 내린 결정이잖아. 걔들이 유모차를 좋아하니까, 마트에 넘기느니 기왕 산 거 다른 데 외출할 때 사용하고 말자고. 그러는 김에 너도 마트 같은 데 말고 다른 곳에도 좀 다니고.

태영은 재빠르게 말했다. 변명처럼 들렸다. 어지러웠다. 진수가 힘없이 웃었다. 헛웃음 지으며 티슈를 찾아 코를 풀었다. 작게 접어 눈물을 닦았다. 크게 한숨을 내쉬었다. 신음했다.

그래. 다른 곳도 좀 다니고. 제발 집에만 있지 말고. 그게 오빠가 나한테 하고 싶은 얘기겠지.

뭘 또 그렇게 들어. 네가 먼저 꺼낸 얘기잖아.

걔들 데리고 산책이라도 나가고.

진수야.

미친년처럼 구는 것도 작작 좀 하라는 거겠지.

말문이 막힌 태영은 나지막이 욕을 뇌까렸다. 쏟아지는 탄식을 간신히 억눌렀다. 진수는 아직도 하고 싶은 말이 많이 남은 것 같았다. 숨을 고르는 그녀의 가슴이 단속적으로 오르내렸다. 그때 태영의 휴대폰 벨이 울렸다. 병식이었다. 진수가 오빠를 빤히 노려보았다. 태영은 여동생에게 조용히 하라는 눈짓을 해 보이고 전화를 받았다.

어, 병식아.

응, 형. 어디야? 집이야?

태영은 한 손으로 식탁 의자를 꺼냈다. 거기 앉아 벽을 가만히 쏘아보았다.

아니 곧 들어가. 왜?

왜긴, 이따 한 7시쯤 그리로 갈 거 같아서. 진수네 집에 있는 거 맞지? 옛날에 어머니 계시던?

어어, 7시쯤 온다고?

응. 그때가 시간이 될 거 같아서. 괜찮지?

어어. 야, 근데 지금 내가 무슨 일 좀 보고 있거든? 좀 이따 내가 다시 전화 줄게.

병식이 멈칫했다. 곧장 아무렇지 않게 답했다.

그래, 그럼. 이따 다시 전화 줘. 일 잘 보고.

어어. 들어가.

통화를 마친 태영이 폰을 식탁에 내려놓았다. 잠시 숨을 참으며 정면을 노려보았다. 진수는 그런 오빠를 지켜보며 소맷자락으로 뺨의 눈물을 닦았다. 나지막이 입을 열었다.

그래서 7시에 병식 오빠 온대?

태영은 말이 없었다. 진수가 자리에서 일어나 주방으로 걸어갔다. 불이 꺼진 가스레인지 위에 놓여 있던 홍합탕을, 나무젓가락으로 휘저었다.

타이밍 한번 더럽네.

태영이 동생을 돌아보았다. 신경질적으로 대꾸했다.

뭐가 더러워. 병식이 오는 건 며칠 전부터 얘기했던 거잖아. 유모차 건 때문에 그래? 언제까지 그 얘기 물고 늘어질 건데? 우리가 선택한 거야. 선택을 했으면 그걸로 끝이지.

내가 뭘 선택했는데.

진수가 젓가락으로 홍합을 건져 냈다. 두 손으로 홍합 껍데기를 벌려 주홍색 살점을 입에 물었다. 천천히 씹었다.

지겨워.

그만 좀 해라 제발.

병식 오빠 오면 둘이 또 여기서 술이나 마시겠지. 오빤 꼭 그러더라. 병식 오빠도 마찬가지고.

뭐가 꼭 그래. 대체 뭐가 잘못됐는데?

병식과 진수는 예전부터 잘 알던 사이였고, 그가 외국으로 나가게 되기까지 겪었던 일들을 그녀는 대부분 알고 있었다. 연주의 죽음이나 그로부터 병식이 받은 충격 역시 알고 있었다. 최근 들어 좀처럼 사람 만나기를 꺼려하는 진수였지만 그럼에도 병식을 집으로 초대하는 것을 허락한 것은 그 때문이었다. 그러던 동생이 갑자기 자신을 비난하고 들자 태영은 당혹스러웠다. 그리고 화가 치밀었다.

우리 문제도 우리 문제지만, 그건 이미 끝난 일이고 병식이한테 네가 갑자기 그렇게 말하면 안 되지.

왜 안 돼?

그걸 말이라고 해?

태영이 목소리를 높였다. 홍합을 먹던 진수가 껍데기들을 싱크대에 내던졌다. 젓가락을 내려놓았다.

그래, 말도 아닌 소리지. 마음대로 생각해. 근데 보면 꼭 우리 같은 사람들이 더 그렇더라. 억울한 일 당할 때는 정작 말한마디 제대로 못 하면서, 우리 중 누가 뭘 좀 잘못했다 하면 그건 무슨 큰 죄라도 되는 것처럼 호들갑을 떨어 대지.

무슨 뜻인지 잘 이해가 가지 않았다. 지금 그들이 겪고 있는 상황을 비웃고 싶은 건지, 아니면 마트에서 있었던 사건을 말하고 싶은 건지, 그도 아니면 진수가 이혼하고 나올 당시의 상황을 떠올리고 있는 건지 알 수 없었다. 우리 같은 사람들. 셋 중 어느 쪽이든 동생이 분해하고 있는 것만은 분명했다. 달래 줘야 할지도 모른다. 그것이 의무인지도 모른다.

진수가 중얼거렸다.

끔찍해. 세상이 너무 끔찍해.

뺨에 눈물이 흘러내렸다.

그래. 가끔은 사고로 죽었다는 병식 씨 애인, 차라리 그 사람이 부러워. 오빠도 사실은 그런 생각 할 거야. 사는 게 뭐가 좋아. 이렇게 뭐든 참아 가면서 사는 게 좋아?

그만해. 그만 좀 해라.

내가 뭘 그만해야 하는데?

태영은 치밀어 오르는 답을 삼켰다. 뭐가 그렇게 끔찍한 거냐고 물으려다가 관두었다. 돌아올 답변이 두려웠다. 익숙해진 투정들이 지겨웠다. 빌어먹을 유모차. 운이 나빴던 것뿐이라는 말이 입 안을 맴돌았다.

그때, 본사에서 내려온 지령을 전해 듣고 그가 곧바로 떠올린 생각은 유모차를 그들에게 갖다 줘 버려야겠다는 것이었다. 그것으로 사건을 끝내고 싶었다. 유모차가 쓸모없어져서가 아니었다. 그렇게 하지 않았다간 자신이 초라해져 버릴 것 같아서였다.

기억이 생생했다. 문제가 터졌던 날 그는 고객 관리 팀장에게 그 물건의 용도가 주로 마트에 개들을 데리고 다니려는데 있었다고 주장했다. 몇 번이고 그 말을 강조했다. 본사 측에서 유모차를 보상해 주겠다는 제안을 해 온 것은 그 때문이었다. 그러니 그들의 제안을 거절한다면 태영은 스스로 자기 주장을 번복하는 셈이었다. 그 직감이 그를 불안하게 했다.

물론 그가 팀장에게 했던 말은 결코 그런 뜻이 아니었다. 만약 기회가 다시 주어진다면 태영은 이번에야말로 그것을 제대로 설명해 낼 수 있을 것 같았다. 그들이 그 빌어먹을 물건을 구입한 주된 이유는 분명 마트 방문에 있었다. 그러나 그것이 전부는 아니었다. 마트에 갈 수 없어졌다고 해서 이제와 그 물건을 없애 버리고 싶어진 것은 아니었다. 개들은 이미 유모차를 퍽 좋아했다. 진수 역시 그랬다. 이미 사 버린 물건이고, 소유에 익숙해졌다.

그러나 그것을 누구에게 어떤 식으로 설명할 수 있을까. 심지어 태영에게는 설명의 기회조차 주어지지 않았다. 팀장에게 다시 전화를 걸어 봤지만 그는 예전과 똑같은 답변을 해올 뿐이었다. 자기가 어찌해 볼 수 있는 문제가 아니라는 것이었다. 본사 측과 직접 연락해 볼 수는 없느냐고 묻자 그는 전처럼 진심으로 죄송하다고 말했다. 연락해 봤자 그쪽에서도 어쩔 수 없는 일일 거라고 태영을 달랬다. 그리고 권유했다. 정 그렇다면 보상받은 돈으로 새 유모차를 하나 사는 건 어떠세요. 저도 고객님 사정은 정말 공감합니다. 제가 인터넷에 알아보니 본래 구입하신 가격보다 저렴한 다른 제품도 나와 있더라고요. 그런 걸 알아보는 건 어떠신지……

말도 안 되는 얘기였다. 진수는 그것을 전해 듣고 곧장 그렇게 외쳤다. 그게 말이 돼? 우리가 거지야? 보상금으로 싼 걸

사게? 남매는 무언가가 잘못되어 있다는 것을 느꼈지만 그것이 정확히 무엇인지 판단할 수 없었다. 머리가 아파 왔고, 불행해졌다. 피로와 불쾌감에 더는 아무런 생각도 할 수 없었다.

그렇게 하느니 그냥 안 돌려주고 마는 게 나아. 개들한테 물건 하나 적응시키는 게 쉬운 줄 알아? 이미 냄새로 저희들 물건을 다 알아. 그런 애들한테서 뭐하러 이걸 빼앗아? 누굴 위해서. 자살 시도에 이를 정도로 극심했던 그녀의 우울증을 잠재워 준 개들이었다. 진수는 누구보다도 치와와들을 위했다. 게다가 진수의 말은 꽤 호소력이 있었다. 그들 앞에 주어진 두 가지 선택지 중 어느 쪽을 택한다 해도 그들에게 돌아오는 이득은 없었다. 불운을 곱씹게 될 뿐이었다.

대체 그때 마트에서 처음 전화를 받았던 건 어떤 미친년인 걸까. 원망의 화살은 유모차 문의에 응했던 여직원에게까지 향했다. 진수는 그 여자의 목소리를 똑똑히 기억한다고 했다. 그렇다고 그 사실이 뭔가를 달라지게 하는 건 아니었다. 일개 직원일 뿐일 그 여자를 찾아가 따져 봤자 그들이 얻을 것은 아무것도 없었다.

결국 그랬다. 어째서인지 그들은 아무것도 얻을 게 없는 다툼에 말려들어 있었다. 보상금을 받는다 해도 유모차가 없어진다면 그건 아무 의미가 없었다. 제대로 설명하기는 힘들었지만, 그렇게 느껴졌다. 그가 그런 것을 조금이나마 정확하게 따져 볼 수 있게 된 것은 이미 모든 일이 끝나 버린 후였다.

그만하자.

태영이 두 손으로 얼굴을 감쌌다. 진수는 그런 오빠를 보고는 천천히 눈을 감았다. 뜨거운 눈꺼풀. 그 무게. 실내 공기가 답답했다. 그녀는 베란다로 걸어가 문을 열었다. 찬바람이 밀려들어 왔다.

넌 내가 비참해지는 게 그렇게 즐거워?

태영이 혼잣말하듯 물었다. 진수가 그를 돌아보았다.

오빠만 그런 척하지 마. 그게 더 지겨우니까.

제발 그 지겹단 소리 좀 그만해.

그럼 뭐라고 해. 아무 문제없다, 우린 정말 아무 문제없다. 이렇게 말할까?

소모적인 대화였다. 대화라고 할 수도 없었다. 분한 심정을 서로에게 풀어 대고 있을 뿐이었다. 이것이야말로 약자들의 놀이였다. 약자라는 단어가 태영을 흥분시켰다. 폭력과 연계된 말이었다. 그는 자신이 그 단어로부터 배 속이 뜨거워지는 희열을 맛보고 있다는 것을 알았다. 그것은 동시에 역겨운 일이었다.

매사에 무슨 문제가 있는 척하는 것도 병이야.

그는 그렇게 뇌까리며 동생을 노려보았다. 일그러진 얼굴로 그녀를 비웃었다. 진수는 뭐라 말하려는 듯 입을 열었다가, 천천히 다물었다. 가슴을 들썩였다. 티셔츠 위로 브래지어 없이 튀어나온 유두가 비쳤다. 모든 광경이 지긋지긋하게 처량했다.

동생이 하려는 말들을 태영은 알고 있었다. 한심한 말장난이었다. 그녀가 다시 한번 유모차 얘기를 입에 올린다면 그는 그것이 핑계일 뿐이라고 폭로할 것이다. 우울에 중독된 그녀가 필요로 하는 무의미한 구실일 뿐이라고 단언하고 싶었다. 진수의 말이 그렇듯 그의 말도 일리가 있었다. 갈라진 토양의 마른 틈을 적셔 그 표피를 메우는 약간의 수분. 그러나 태영은 가뭄이 모두에게 공유되고 있다는 것을 알았다. 안도하지는 않았지만 죄책감을 피할 수는 있었다. 그렇다고 믿을 수 있었다. 믿으려 노력할 수 있었다.

유모차는 돌려주지 않을 거야. 그때 우리가 했던 얘기로 끝이야. 이런 건 별일도 아니야. 운 좀 나빴던 것뿐이고, 계속 질질 끌 것 없는 문제야.

그는 주머니를 뒤졌다. 담배 한 개비가 손끝에 걸렸다.

그러니까 너도 그쯤 해 둬.

진수의 말에 따라 그들의 제안을 거절하기로 했을 때, 그는 그것이 얼마나 낯선 결정인지 실감했다. 몇 년 전의 그였다면 오기로라도 그 물건을 마트에 가져다주었을 것이다. 본사 측의 결정에는 확실히 기분 나쁜 구석이 있었다. 그들이 진수와 태영의 주장을 신뢰했더라면 다른 선택지를 마련했어야만 했다. 유모차를 넘기거나 아니면 조용히 문제를 덮는 것. 그 두 가지 선택지뿐이라는 것은 말이 되지 않았다.

그러나 시간이 그를 무디게 만든 것인지도 몰랐다. 쉽게 우울해지는 진수의 기분을 맞추기 위해서만은 아니었다. 처음에는 마트로 찾아가 누구에게든 이번 일을 항의해 보려고도 했었다. 그러나 금세 의문이 뒤따랐다. 진수의 말대로 그것은 잃을 것이 더 많은 충돌이었다. 더욱 골치 아픈 문제만 이어질지도 몰랐다. 창피를 당할 확률도 높았다. 무엇보다도 이번 일이 그처럼 심각하게 일상을 훼손하게 된다는 것이 불편했다. 평온. 침묵. 그에게도 중요한 것들이었다. 그리고 그것을 지키기 위해 그는 이번 일을 그냥 넘어가야 했다. 인내하고 망각해야 했다.

태영은 결국 유모차로 인한 문제를 여기서 끝내기로 결정했다. 그때만 해도 진수는 그 결정에 찬성이었다. 어째서 그녀가 말을 바꾸는 것인지 그는 알면서도 알 수 없었다. 그가 알수 없는 것은 그밖에도 무수했다. 그는 일어나 현관으로 걸어갔다. 웅크리고 있던 진수가 고개를 들었다.

어디 가게?

보일러 켜졌어. 거기 문 너무 오래 열어 두고 있지 마.

태영이 문 밖으로 나섰다. 외부와 접한 복도에 눈이 날리고 있었다. 한동안 눈에 익었던 구조가 문득 낯설었다. 그는 엘리베이터를 타고 아래로 내려갔다.

병식에게 다시 전화해 줄 생각이었다. 마음이 복잡해서 누구와도 대화하고 싶지는 않았지만 그렇다고 그를 무시할 수도 없었다. 태영은 아파트 현관 밖으로 나섰다. 눈이 쌓이고 있는 현관 계단으로 내려갔다. 주위를 둘러보았다. 담배를 꺼냈다. 입에 물었다. 그리고 그제야 깨달았다. 라이터가 없었다. 우스운 노릇이었다. 그는 불이 붙지 않은 담배를 앞니로 씹었다. 지갑도 가지고 나오지 않았다. 휴대폰뿐이었다.

방에 남겨진 진수가 뭘 하고 있을지 궁금하지 않았다. 그는 무엇도 궁금하지 않았다. 모르는 것들을 알고 싶은 마음도 없었다.

어, 병식아.

찬바람이 휴대폰을 든 손을 스쳤다. 다행히 병식은 금방 전화를 받았다.

아니 별일은 아닌데. 그냥 급하게 좀 처리해야 되는 일이 있어서. 아니, 걱정은 무슨. 요즘 내가 걱정 받을 일이 뭐 있냐. 일이라는 거 자체가 없는데.

휴대폰 속 병식이 헛웃음을 지었다. 태영도 맥없이 따라 웃었다.

그보다 너 한국엔 언제까지 있는 건데? 뭐 금방 가고 그런 건 아니지? 야, 정 없이 그렇게 연락 끊고 금방 금방 딴 데로

가 버리고 그러는 거 아냐. 너 내가 말을 안 해서 그렇지 그 동안 다른 새끼들이 네 욕하는 거 한두 번 들은 줄 아냐?

병식이 또다시 웃었다. 그는 금방 떠날 생각은 아니라고 했다. 적어도 몇 주는 여기 있을 생각인 모양이었다. 큰아버지가 돌아가시는 바람에 한국으로 들어온 거라고, 전에 들었던 기억이 났다. 태영에겐 그처럼 죽음이 의미 있을 친척이 없었다. 병식은 종종 한없이 낯설었다. 그를 한계 짓는 문장들에 공감할 수 없었다.

예컨대 태영은 병식이 연주와 결혼하기를 두려워한 이유를 알 수 없었다. 이해할 수 있을 것 같으면서도 공감할 수 없었다. 시시한 문제로 그녀에게 화를 내는 그를 바라볼 때면 태영은 가끔 인정하고 싶지 않을 만큼 불쾌해졌다. 자신이었다면 달랐을 것이다. 재능도 매력도 없는 그들 같은 인간이 연주 같은 인간을 만나기란 쉬운 일이 아니었다. 연주 같은 인간. 태영은 그 말의 의미를 알았다. 그녀의 뒤로 빛나던 불빛들. 그 찬란하던 황금빛. 그 향기와 감촉, 온도까지.

그래, 너 사는 건 요즘 어때.

태영이 물었다. 병식은 코로 가볍게 웃는 소리를 냈다.

그냥 그렇지 뭐. 형은 잘 지내는 것 같기도 하고.

그래? 그렇게 보이면 다행이고.

그가 또 웃었다.

뭐가 다행이야. 그러면 그렇고 아니면 아닌 거지.

너야말로 뭘 그렇게 웃어. 뭐가 그렇게 웃겨?

웃음 섞인 병식의 목소리는 감기에 걸린 것처럼 잠겨 있었다. 그가 뜸을 들이고는 답했다.

형이랑 이렇게 다시 얘기도 하고 그러니까 좋네.

그러게.

태영은 손에 들고 있던 담배를 입가로 가져갔다. 느리게 씹었다.

야 근데 아무튼, 진짜 미안하다. 오늘은 내가 일이 터져서. 알지 너도? 이해하지? 야, 뭐 한 모레쯤 보자. 애들이랑 같이 봐도 좋고, 아니면 너랑 나랑 우선 만나든지.

병식이 다시 웃었다.

그래, 형. 연락 줘.

말들 사이에 생겨나는 침묵을 태영은 종종 두려워했다. 거기 깃든 것들이 무거웠다. 때로 아찔했다.

그래. 미안하다. 이번 일 끝나고 바로 보자.

그것으로 그는 통화를 마쳤다. 눈이 그쳐 가고 있었다. 녹은 눈은 더러워질 것이다. 그는 그 과정을 알고 있었다. 문득 죽은 연주 생각이 났다. 그녀는 더 이상 그가 지금 보고 있는 것 같은 광경을 볼 수 없었다. 볼 필요가 없었다. 돌연 그동안의 모든 일들이 단계적으로 지금 이 순간을 만들어 낸 것만 같은, 그 연쇄가 느닷없이 아찔하게 몸에 부딪혀 오는 것 같은 느낌이 들었다.

한 여자가 죽었고, 한 남자가 떠났다가 돌아왔고, 태영은 조금 전 그와 만나기를 미뤘다. 신이 본다면 거기 어떤 예정된 인과가 있을지도 모른다. 명쾌한 이치가 있을지도 모른다. 혹은 그런 것 따윈 전혀 없을 수도 있었다. 그는 아무것도 알 수 없었다. 태영이 쌓인 눈 위로 침을 뱉었다.

6장

조용하다.

카페에는 전혀 인기척이 없다. 이제는 카페라는 말이 어울리지 않는다. 이름 없는 장소가 되어 있다. 이곳이라 불리기보다는 이것이라 불려야 할 것 같은 장소. 이것. 이름이 없는 무언가. 건물과 마루, 나무들과 작은 돌이 깔린 길이 하나로 이어져 만들어 낸 거대하고 냉담한 오브제. 예술 작품이라 해도 믿을 수 있을 것이다. 그렇다면 이 작품은 비극에 관한 일종의 클리셰였다. 누군가에게 뻔한 것이라 불리며 혹평당할 것 같은 작품이었다. 그러나 현실이라면.

현실에서는 뻔한 비극들이 줄을 잇는다. 줄지어 늘어서서 행렬을 만든다. 행렬에는 그에 걸맞는 표정들이 있었다. 예술의 감흥과는 다른 현실의 표정. 현실의 클리셰가 하나의 사건으로 분리되어 미숙한 오브제처럼 변할 수 없기에 요구되는 불완전한 표정들.

소현은 돌길을 따라 카페 건물로 들어서며 익숙한 피로를 느꼈다. 그것은 그 순간 그녀가 그 얼굴에 적절한 기색을 드리우기 위해 작위적으로 불러낸 피로일지도 몰랐다. 피로는 침묵을 가능케 했다. 돌출된 기쁨의 흔적 대신 모두에게 공평하게 주어지는 종류의 적막을 가져왔다. 그것이 요구되는 만남을 위해 지금 그녀는 걸음을 옮기고 있었다. 돌길은 카페의 방치된 정원을 따라 완만한 곡선을 그렸다. 곡선의 끝에는 카페의 문이 있었다. 유리문 너머는 어두웠다. 노인은 또 불을 켜지 않고 있었다. 무엇을 하고 있을까.

소현은 사실 자신이 그 질문에 무관심하다는 것을 알고 있었다. 궁금한 것은 없었다. 노인이 무엇을 하고 있든지 그것은 아무것도 하지 않는 것이나 다름없을 것이다. 정원의 나무들은 모두 앙상했다. 마른 낙엽들이 땅에 잔뜩 쌓여 있었다. 얼어붙은 낙엽들은 을씨년스러웠다. 낙엽들 사이에는 어디서 온 것인지 알 수 없는 쓰레기들도 섞여 있었다. 카페 담장 너머에서 누군가 던진 것들 같았다. 담배꽁초. 생수통. 전단지. 색이 분명한 전단지 몇 장은 일종의 액세서리처럼 보였다. 혹은 기분 나쁜 농담 같기도 했다. 무심한 세상.

무책임하고 무심하다.

소현은 카페의 문 앞에 다다라 건조해진 눈을 깜빡였다. 유리문을 밀어 열었다. 노인은 창가 자리에 앉아 있었다. 어두운 홀에서 창문들만이 밝았다. 밖을 보는 노인의 얼굴은 무표정했다. 희게 센 머리칼은 푸석하고 숱이 적었다. 머리칼 사이로 얼룩진 두피가 훤히 들여다보였다. 예전의 모습과는 모든 것이 달랐다. 소현은 자문했다. 그녀는 복자에 대해 과연 얼마나 잘 알고 있었던가.

노인의 옷은 헐렁했다. 목덜미의 가죽은 늘어져 있었고 테이블을 움켜쥔 손은 핏기가 없었다. 복자는 며칠 전보다 더 지쳐 보였다. 체중이 줄어든 것 같았다. 소현은 복자에게 무슨 생각을 하고 있는지 물어볼까 망설였다. 복자는 그녀가 온 것을 분명 알고 있을 것이다. 그러고도 눈길 한번 주지 않는 게 틀림없었다. 노인이 무슨 생각을 하고 있는지 알 것 같으면서도 알 수 없었다. 어쩌면 언젠가는 소현 역시 노인이 느끼는 것을 느끼게 될지도 모른다. 그러나 아주 똑같을 수는 없을 것이다. 때로 머리를 스치는 그런 생각은 소현을 불편하게 만들었다. 타인의 비극을 바라보고. 망각하고.

경계심이 들었다. 목소리로 생각을 멈춰야 할 순간이었다.

빛 그림자가 바닥에 옅게 늘어져 있었다. 소현은 복자에게로 걸어갔다. 노인이 자신을 천천히 돌아볼 때까지 서서 기다렸다. 말을 건넸다.

저 왔어요.

가까이서 본 복자는 기형적일 만큼 왜소했다. 헐렁한 옷 속으로 쇄골을 비롯한 일련의 뼈들이 내려다보였다. 노인이 숨을 들이쉬자 마른 흉곽이 느리게 들썩였다. 노인의 분위기는 매번 같았다. 행복과 불행의 경계를 흐리는 무관심의 형상. 복자는 사후 세계를 믿지 않는다고 했다. 죽음을 통한 재회를 기대하지 않는다는 이야기였다. 그녀가 소현에게 그런 말을 하기까지 그들은 적지 않은 시간을 함께 보냈다. 소현은 그 시간이 복자를 설득했다고는 생각하지 않았다. 대화는 없었다. 대화가 될 수 없는 몇 마디 우연한 말들만 자리했다.

복자가 앉은 채로 고개를 돌려 소현을 올려다보았다. 눈을 마주쳤다가 가슴팍으로 시선을 내렸다. 소현은 얼른 들고 있던 쇼핑백을 앞으로 내밀었다. 미소를 지으며 말했다.

식사 안 하셨죠? 저도 점심 전이에요. 감기 기운 있으시다 해서 죽 좀 쒀 왔어요.

쇼핑백을 내려놓은 소현이 목도리를 풀고 머리카락을 정돈했다. 복자가 그 모습을 물끄러미 바라보다가 입을 열었다.

밖이 추운가 봐요.

네, 오늘 따라 더 춥네요.

작년 겨울도 참 추웠는데.

복자는 그 말을 하고 입을 다물었다. 고개를 숙여 바닥을 내려다보았다. 가늘게 뜬 눈은 거의 감긴 것처럼 보였다. 얼핏 졸고 있는 것처럼 보이는 얼굴이었다.

노인의 손녀 연주가 죽은 것은 작년 여름이었다. 같은 해 겨울 현석 역시 세상을 떠났다. 그들의 죽음은 저급한 극본 같았다. 특히 백현석의 죽음에는 아무런 전조도 없었다. 그는 손녀를 잃은 복자를 두고 먼저 세상을 떠났다. 그로써 복자는 두 번의 죽음을 연달아 견뎌야 했다. 70년이 넘는 세월 동안 그녀가 차례로 부모와 남편, 자식을 잃어 왔듯이.

현석의 사망에 가족들은 조금 당황했다. 그러나 현석은 노인이었다. 죽음은 그가 노인이라 불리기 시작한 순간부터 예고되어 온 일이었다. 현석이 죽고 난 뒤 원균은 말했다. 차라리 잘된 건지도 몰라. 나중에 다른 병으로 오래 앓다가 괴롭게 돌아가시는 것보다는 이편이 나을 수도 있어. 소현이 이상한 분노를 느끼기 시작한 것은 그즈음부터였다. 그녀는 어떻게 그게 다행일 수가 있는지 물어야만 했다. 그 말은 이기적이야. 그걸 모르겠어?

실내가 너무 춥네요. 난방기 좀 켤게요.

식어 가는 죽에서 피어오르는 김. 싸늘한 테이블에 차례로 죽과 반찬이 담긴 용기를 꺼내 놓으며, 소현이 복자에게 말했다. 복자는 그 말을 듣지 못한 사람처럼 반찬 뚜껑을 열어 보며 중얼거렸다.

너무 많네. 이거 다 못 먹을 텐데.

버섯죽이에요. 별로 많지도 않아요. 저도 같이 먹어요.

소현이 미소 지었다. 언제나처럼 복자와 친절하게 시선을
마주했다. 비록 노인이 불편한 듯 금세 눈을 돌려 버리고는
했지만 소현은 그렇게 하기를 좋아했다. 누군가는 복자에게
그런 끈기를 보여야 했다고 믿는 까닭이었다.

연주의 죽음 뒤, 현석은 그 사건으로부터 달아나기를 원했
다. 치졸한 인과였다. 그는 곧 여행과 낚시를 즐기기 시작했다.
더없이 활동적인 시간을 보냈다. 다리의 통증조차 개의치 않
았다. 그는 때로 복자에게도 그 일에 동참할 것을 권했다. 의
미 없는 예의. 복자에게는 이미 어떤 의지도 가치가 없었다.
연주의 죽음 이후로 그녀의 시간은 공간이나 인물로부터 분
리되었다. 그러나 현석의 시간은 그대로였다. 그를 죽음으로
이끈 것은 바로 그 차이였다.

정확한 사인은 바이러스 감염이었다. 들쥐 배설물에 노출
되어 걸린 병이라 했다. 자리에 누운 지 한 달이 못되어 백현
석은 홀연히 세상을 떠났다. 그는 불행 앞에서 이기적이었고
끝까지 간단하게 모두를 등졌다. 그렇다고 소현이 모든 조문
객들에게 그 말을 할 수 있었던 것은 아니었다.

그녀는 언제나처럼 모든 과정을 견뎠다. 죽음이 현석에게

비루한 선의 휘광을 덧씌우는 것을 지켜보았다. 침묵 끝에 원균에게 화를 냈다. 언제부턴가 원균은 그녀의 분노를 위해 자리를 지키고 있었다. 그녀도 같았다.

잇따른 죽음을 마주한 원균은 차분했다. 아버지를 옹호하려고 애쓰지 않았다. 그에게 현석이 한 일은 그저 당연한 선택으로 보이는 듯했다. 그럼 아버지가 뭘 더 어쨌어야 했는데. 당신은 대체 무슨 생각을 하고 살아. 그것이 그의 답이었다.

무슨 생각을 하고 사느냐는 말. 그것은 소현이 묻고 싶은 말이기도 했다. 한편으로 소현은 원균에게 한 가지 더 묻고 싶었다. 당신은 내가 무슨 생각을 하고 사는지 정말 궁금했을까. 그 질문은 현석에게 건네고 싶은 것이기도 했다. 사후 세계가 있다면 그곳의 현석은 복자를 한 번이라도 바라보았을까.

결국 복자를 돌봐 줄 사람은 소현뿐이었다. 이제 이곳에는 둘밖에 없었다. 비극의 연쇄가 조형한 이 클리셰 속에, 남겨진 것은 그들 두 사람이었다.

소현은 자신이 왜 이곳에 와 있는 것인지, 왜 복자를 돌봐 주고 있는지에 대해 분명한 이유들을 댈 수 있었다. 이 세상에 신이 있어서 지금 당신들 사는 꼴을 보면 뭐라고 하겠어. 나는 당신들하고는 달라.

그러나 그녀가 그런 말을 들려주고 싶은 사람들은 결코 그 말을 듣고 싶어 하지 않을 것이 분명했다. 이를테면 원균, 또는 죽은 현석. 그들은 그녀에게 무심했고 그녀가 하고 싶은 말은 그들을 위한 것들뿐이었다. 복자에 관한 이야기도 그중 한 가지였다. 그러니 소현은 사실 복자를 돌보며 자신의 가족을 생각하고 있는 것인지도 몰랐다. 그것은 이기심일 수도 있었다.

점심 안 하셨으면 지금 저랑 같이 식사하세요. 주방 가서 데워 올게요.

소현이 복자에게 말을 건넸다. 복자는 손으로 테이블 모서리를 주물렀다. 무의식적인 동작이었고, 조금쯤 넋이 나가 보였다. 작년부터 생긴 버릇이었다. 복자는 테이블을 붙든 손을 내려다보며 혼잣말처럼 중얼거렸다.

내가 해도 되는데.

아뇨. 제가 해 올게요. 앉아 계세요.

소현은 친절하게 답하고 죽 용기를 챙겨 등을 돌렸다. 주방으로 가는 길에 홀 조명을 켰다. 어둡던 공간이 환해졌다. 어스름한 금빛 등이 밝혀지자 예전 카페가 운영 중이던 때의 분위기가 약간 되살아났다. 그 광경에 복자가 눈을 깜빡였다. 그녀는 힘없이 불빛을 바라보다가, 멀어지는 소현에게로 눈길을 돌렸다. 그녀의 마른 등이 주방문을 넘어 사라지는 것을 지켜보았다. 그러고는 느리게 눈을 감았다. 다시 눈을 떴을 때 노인의 탁한 눈은 빈 의자에 멈춰 있었다. 그녀는 그것이 의

자라는 사실도, 그것이 한때 카페였던 곳에 놓여 있다는 사실도 이해하지 못하는 것처럼 보였다.

연주가 죽고 난 뒤 카페는 자연스럽게 문을 닫았다. 영업을 하지 않게 된 뒤로도 복자는 카페 내부를 거의 바꾸지 않았다. 종업원들만 내보냈을 뿐 인테리어는 물론 수도나 전기도 그대로였다. 노인은 텅 빈 3층 건물을 통째로 작업실로 사용했다. 1층부터 3층까지 직접 그린 그림들로 가득 채웠다. 거의 다 연주의 장례를 치른 지 두세 달 만에 그려 낸 것들이었다. 그 시기가 지난 후 노인은 그림을 거의 그리지 않게 되었다.

3층에는 여전히 거대한 물속의 고양이 그림이 걸려 있었다. 복자는 거기 침대를 가져다 놓고 이 건물에서 숙식을 해결했다. 부유한 노인의 삶은 단순해졌다. 대개의 의미가 퇴색되었다. 카페 영업용으로 쓰이던 주방의 냉장고와 냉동고 역시 그대로였다. 그 속에 든 간단한 식료품 몇 가지는 대부분 소현이 마련해 놓은 것들이었다. 소현은 매주 복자에게 찾아와 그녀를 돌봤다. 오늘처럼 음식을 가져오는 일도 있었고 옷가지를 비롯한 잡화를 사 오는 일도 있었다. 그녀는 세심하게 노인을 챙겼다. 때로는 정말 가족처럼 복자에게 관심을 쏟았다. 현석의 죽음에서 비롯된 열정은 자주 위화감을 동반했다. 소현도 그것을 느꼈지만 느낌은 중요하지 않았다. 오직 선택만이 현재를 상기시켰다.

문 열린 전자레인지의 불빛이 밝았다. 소현은 죽을 옮겨 담은 그릇을 전자레인지에 넣었다. 문을 닫고 스위치를 눌렀다. 이것 역시 예전 그녀가 주방에 마련해 둔 기기였다. 전자레인지 외에도 가전제품이며 생활 용품 일체가 거의 그랬다. 그녀는 차례로 쟁반에 숟가락과 젓가락을 차렸다. 밑반찬을 작은 그릇에 덜었다. 복자가 주방으로 들어온 것은 그때였다. 소현은 복자를 돌아보고 물었다.

왜 그러세요? 뭐 필요하세요?

목이 좀 마르네. 아까 잠깐 졸아서.

문 너머 보이는 홀은 다시 어두워져 있었다. 노인이 불을 끈 모양이었다. 소현은 아무 말 없이 유리컵을 꺼냈다.

물 좀 드릴게요.

컵에 생수를 따랐다.

물은 많이 드시는 게 좋아요. 수분이 부족하면 훨씬 우울해지고요.

그러고는 잠깐 뜸을 들였다가 덧붙였다.

생전에 그분도 그런 말씀 참 많이 하셨는데 저도 어느새 그게 귀에 익었던가 봐요. 물 마실 때면 꼭 그 생각이 나더라고요.

복자는 대꾸가 없었다. 잠자코 물 컵을 받아 들었다. 그 자리에 서서 물을 조금씩 삼키며 소현의 행동을 바라보았다. 소현은 냉장고에서 무김치 통을 꺼냈다. 뚜껑을 열었다. 김치 냄새가 퍼졌다. 복자가 가만히 그 모습을 지켜보며 입을 열었다.

거 가위로 잘게 저며 줘요. 이가 안 좋아, 요즘.

또 물을 한 모금 삼켰다. 입안을 적셨다.

이가 어떻게 안 좋으세요? 심하세요?

소현이 무를 작게 토막 내기 시작했다. 서걱서걱 썰리는 무소리가 복자의 귀에도 들렸다. 그녀는 대답하지 않았다. 가위질을 응시했다. 이윽고 소현이 손을 멈췄다. 가위를 싱크에 넣었다. 김치 통을 냉장고에 넣었다. 죽과 반찬 접시를 쟁반으로 옮겼다.

테이블에서 드실 거죠?

쟁반을 든 채 복자의 대답을 기다리지 않고 먼저 주방 밖으로 나갔다. 복자가 뒤따랐다. 실내는 고적했다. 난방기를 틀어도 가시지 않는 냉기가 스며 있었다. 창밖에서는 나뭇가지들이 바람에 흔들리고 있었다. 전단지 하나가 나무들 사이를 떠도는 중이었다. 테이블에 놓은 죽 그릇에서 김이 피어올랐다. 복자가 자리에 앉았다. 소현도 맞은편에 앉았다. 수저를 들었다. 죽을 먹기 시작했다.

혹시 저번에 그 친구는 다시 연락 없으셨어요?

소현이 물었다. 복자는 잠시 그게 무슨 뜻인지 생각하는 듯했다. 입술을 오므리며 눈을 느리게 깜빡였다. 한참 만에 입을 뗐다.

뭐하러 그러겠어요. 나하고 무슨 볼 일이 있다고.

병식 얘기였다. 얼마 전 병식은 느닷없이 복자를 찾아왔었
다. 연주의 장례식 뒤, 그는 외국에서 지냈다고 했다. 그의 말
에 따르면 그것은 연주로 인한 선택이었다. 외국에서 이런저
런 일들로 줄곧 바쁘게 지내기는 했지만 결코 그런 것 때문
에 이곳을 떠난 것은 아니었다는 얘기였다.

소현은 그와 연주 사이가 꽤 진지했다는 것을 알고 있었다.
결혼 얘기가 오갔던 사이였다고 했다. 복자를 찾아와 얘기를
나눈 것이 그의 마음을 조금은 달래 주었을지도 모른다. 복자
도 그랬는지는 알 수 없었다.

입을 다물어 버린 노인을 가만히 들여다보다가, 소현은 고
개를 돌렸다.

그 친구도 젊은 사람이 참 힘들었겠어요.

돌아오는 답은 없었다. 복자에게 제대로 된 대화를 기대하
는 것은 무리였다. 게다가 너무 민감한 주제였다. 소현은 대화
흐름을 바꿔야겠다고 느꼈다. 수저를 만지작거리다가 미소 지
었다.

그러고 보니 이건 제 얘긴데, 엊그제는 또 곤란한 일이 있
었어요. 저희 애가 요즘 너무 예민해져서요. 과외를 시키고 있
는데 선생이 마음에 안 드는 건지, 자꾸 피곤하다면서 수업을

빠지려 들고…… 얘기를 해 보려고 해도 애가 속을 잘 안 털 어 놓네요.

소현은 쑥스럽게 웃으며 덧붙였다.

그래도 애 성적은 좋아요. 어렸을 때부터 머리는 좋은 애였 어요.

복자는 묵묵히 듣기만 했다. 소현은 창밖을 내다보며 나직 하게 한숨을 내쉬었다. 말을 꺼내고 보니 저절로 딸이 떠올랐 다. 소현은 자주 가족을 생각하며 그것에 대한 완고한 결론을 내리고는 했지만 아이 문제만큼은 그렇지 않았다. 아이에 대 한 판단은 흐렸다. 그리고 불안정했다. 그렇다고 무슨 문제가 있었던가. 그렇지 않았다. 딸은 어색할 정도로 어른스러웠다. 아직 어려서인지 약간 반항적이기는 했지만, 그거야 어쩔 수 없었다. 시간이 지나면 절로 나아질 문제였다.

복자라는 외부인으로 인해 아이와 더욱 멀어진 것은 안타 까운 일이었다. 다른 방법이 있었다면 좋았을 것이다. 원균에 게 이런 말을 꺼내면 뭐라고 할까. 아마 그는 모든 문제를 어 김없이 그녀에게 떠넘겨 버릴 것이다. 방법은 없다고. 모든 관 계는 거리로부터 출발한다고. 당신은 불필요한 끈기로 관계를 망치고 있다고.

소현은 원균의 헛소리에 충분히 면역되어 있었다. 그녀는 분명한 문장에 대항해 새로운 문장을 축조하는 데 익숙했다.

그러나 딸은 쉽지 않았다. 딸은 대개 아무것도 원하지 않는 눈으로 그녀를 바라보고는 했다. 질문은 없었다. 원망이나 조롱도 없었다. 원균이나 현석과는 달랐다.

눈앞의 문제를 위해 손을 뻗다 보면 의지와는 무관하게 보이지 않는 다른 것들마저 훼손하게 된다. 망가뜨리고도 느끼지 못한다. 부서뜨리면서도 조각들을 볼 수 없다. 큰 그림, 작은 그림, 아주 작은 그림. 아주 작은 그림만을 보는 눈. 그렇게 표현하는 것은 쉬운 일이지만 그 표현으로부터 자유로워지는 것은 어려운 일이었다. 적어도 그녀는 아이를 위해 최선의 사랑을 쏟고 있었다.

절 좀 미워해서 그렇지 원래 나쁜 애는 아니에요. 걔 잘못이 뭐가 있겠어요.

쓴웃음 섞인 한숨. 때로는 믿고 싶은 말을 입 밖으로 내뱉는다. 소현은 미소를 지었다.

나이는 한 해, 한 해 쉬지도 않고 들어가는데 모르는 건 점점 더 늘어 가네요.

문득 복자가 입을 열었다.

그렇지도 않아요.

네?

소현이 노인을 물끄러미 바라보았다. 돌아오는 대답은 더이상 없었다. 복자는 무김치를 집어 들어 입에 넣었다. 느릿느릿 씹었다. 소현도 곧 다시 식사에 열중했다. 얼마 전부터 노인에게는 이렇게 불쑥 말을 꺼냈다가 금세 없었던 일처럼 입을 다물어 버리는 일이 잦아졌다. 어디 아픈가 싶을 정도로 난데없는 행동이었다.

물이라도 좀 데워다 드려요?

입맛이 없는지 음식이 줄지 않는 복자를 보고, 소현이 물었다. 상대는 조용했다. 그녀는 답을 기다리지 않고 자리에서 일어나 주방으로 향했다. 포트에 물을 끓여 도기 잔에 따랐다.

테이블로 돌아와 보니 복자는 수저를 놓고 창밖을 바라보고 있었다. 흐린 햇빛이 복자의 마르고 창백한 얼굴을 비췄다. 숱이 적어진 백색 머리카락이 귓가에 늘어져 있었다. 헐렁한 소매 끝의 손목이 가늘었다. 마른 손이 습관처럼 테이블을 움켜쥔 채였다.

물 가져왔어요.

소현이 테이블에 컵을 내려놓았다.

더 드셔야 돼요. 요즘 날씨도 부쩍 추워졌어요. 더 드셔야 건강해요. 그래야 제가 덜 마음 쓰죠.

고마워요.

복자가 컵에 손을 가져갔다. 소현이 그 모습을 물끄러미 응시했다.

입맛이 없어도 드셔야 돼요. 죽 더 드세요. 물도 다 드시

고요.

그래요. 고마워요.

복자가 그 말을 되뇌었다.

매번 참, 고마워요.

물을 많이 드셔야 해요. 그래야 혈관도 깨끗해지고 기분도 좋아져요. 스스로 우울해지려고 해선 안 되는 거잖아요. 이런 말씀드리는 건 아마 저밖에 없겠지만 그래도 스스로 자기를 돌보셔야 해요.

왜냐고 묻는다면 소현도 답할 말이 없었다. 그럼에도 그녀는 끝까지 복자에게 죽 그릇을 다 비우기를 권했다. 왜 그렇게 해야 하는지 설명할 수 없다 해도, 모두에게는 각자의 역할이 있었다. 소현의 역할은 복자에게 스스로를 돌보기를 권하는 것이었다. 그녀는 복자를 위해 마지막까지 곁을 지킬 계획이었다. 그것으로 증명하고 싶었다. 나는 당신들과 다르다는 문장의 뼈대를 지탱하고 싶었다. 당신들. 그들은 지금 어디에 있을까.

언젠가 내뱉게 될 그녀의 말을 듣지 못할 만큼 멀리 갈 수 없도록 잡아두어야 한다. 그것이 소현의 방식이었다. 오직 그 것만이……

잠시 후 복자는 조용하게 식사를 마쳤다. 노인이 숟가락을 내려놓기를 기다린 소현은 쟁반에 식기들을 모았다. 주방으로 가져가 설거지를 했다. 노인은 그동안 창가 테이블에 앉아 밖을 내다보았다. 오후의 흐린 빛이 얼어붙은 낙엽들 위로 흩어져 있었다. 실내는 여전히 온도가 낮았다.

그러고 보니까 내일은 눈이 온대요. 선생님도 웬만하면 작업 잠깐 쉬시고 집으로 돌아가 주무세요.

작업 아니에요.

그럼 그리시는 거 말이에요. 계속 그리고 계신 거 아니었어요?

요즘은 안 해요.

말문이 막힌 소현은 멋쩍게 미소 지었다.

네. 그리시는 걸 통 못 본 것 같기도 하네요. 요즘엔 전혀.

오늘따라 복자의 기분은 한층 저조해 보였다. 아까 병식 얘기 꺼낸 것이 실수였는지도 몰랐다. 소현은 잠시 복자를 바라보았다. 그녀가 무슨 생각을 하고 있는지 알 수 없었다. 거리감이 느껴졌다. 그것을 노력으로 극복해야 하는지조차 알 수 없었다. 시선을 눈치챈 듯 복자가 고개를 들어 소현을 바라보았다. 노인은 피곤해 보였다. 어쩐지 그 얼굴은 연주를 연상시켰다. 연주가 집에 찾아왔던 날을, 소현은 기억하고 있었다. 보이고 싶지 않은 장면을 보였던 것 역시 잊지 않고 있었다. 지금 둘 사이의 거리는 과연 노인만을 위해 필요한 것일까.

전 그럼 잠깐 전화 좀 하고 올게요. 애한테요. 아까 말씀드렸던.

소현이 어색하게 미소 지었다. 복자가 눈을 감았다. 고개를
끄덕였다. 소현은 가방에서 폰을 찾아 들었다. 머뭇거리다가
현관 쪽으로 걸어갔다. 유리로 된 현관문으로부터 길게 이어
진 햇빛이 공중의 먼지를 비췄다. 귓가에서 신호음이 가기 시
작했다.

아이는 꽤 오래 전화를 받지 않았다. 소현은 차분히 머릿
속을 정리했다. 조금 뒤면 과외를 시작할 시간이었다. 아이가
자리를 지키고 있는지 확인할 생각이었다. 감기에 걸렸다며
어제부터 기운이 없던 것이 마음에 걸렸다.

응, 전화 늦게 받네? 어디야?

한참 만에 통화가 연결되었다.

왜 전화했냐고 묻고 싶어? 네가 걱정을 시키니까 그렇지.

아이는 답이 느렸다.

그래서 어딘데?

밖이요.

나지막한 한마디.

뭐?

저도 모르게 큰 소리를 낸 소현은 슬쩍 복자의 눈치를 살
폈다. 노인은 변함없이 창가에 앉아 있었다. 빛을 받은 옆얼
굴. 주름. 딸의 말에 귀 기울이며 소현은 현관문을 열고 정원

으로 나섰다.

오늘 수업 못 하겠다던데요. 무슨 일이 생겼대요. 저한테 연락 왔어요. 독서실 가려고 나왔어요.

독서실? 어디? 혼자야?

알아서 할게요. 애들도 옆에 있어요.

애들? 친구?

아이가 대답 대신 작게 기침했다. 웃음소리처럼 들리기도 했다. 이어지는 말은 없었다. 소현은 딸의 침묵에 익숙했다. 자신이 한 말이 조금 우습게 들렸을지도 모르겠다는 생각이 들었다. 당연히 친구겠지. 아니더라도 상관없고, 물어볼 필요 없는 일이다. 소현은 한결 차분하게 목소리를 가다듬었다.

엄마 오늘 여기 왔어. 윤 선생님 작업실. 넌 집에 언제쯤 들어올 생각이야?

모르겠어요. 죄송해요.

느릿느릿 이어지는 아이의 목소리.

저녁까진 있겠죠. 공부할 테니까 걱정하지 마세요.

외워둔 답을 읊는 것처럼 단조로운 음성이었다. 소현은 한숨을 삼켰다. 어떤 조각들이 그녀의 눈앞을 스쳤다. 그리고 아주 평범한 방식으로 배열되었다. 모든 것이 가지런하게 배열된 완벽한 작품. 거기 쌓인 먼지들. 더 이상 할 말이 떠오르지 않았다. 딸은 성적이 좋았다. 그뿐만 아니었다. 주어진 일은 늘 알아서 해결해 왔다. 때로 저번처럼 제멋대로 굴기도 했지만, 크게 질책할 만한 일은 저지르지 않았다. 그래서 더더욱 할 말이 없었다.

더 할 말 없으시면 끊을게요.

몇 초가 순식간에 지나고, 아이가 전화를 끊었다. 과외 선생에게 전화를 걸어 정말 오늘 그쪽에서 먼저 수업을 취소한 것인지 확인해 볼까 하는 생각이 잠깐 소현의 머리를 스쳤다. 그러나 지금 당장 처리할 문제는 아니었다. 이곳에 있는 동안에는 복자에게 충실해야만 했다. 다소의 희생을 각오하기로 한 일이었다. 그 결심은 아직 감정으로부터 분리되지 못한 채 경직되어 단호해져 있었다.

날씨 탓인지 졸음이 쏟아졌다. 소현은 느리게 눈을 깜빡였다. 현관 옆 빗자루를 집어 들었다. 휴대폰을 코트 주머니에 넣고 가볍게 빗질을 시작했다. 문 앞에 흩어진 낙엽을 쓸어 냈다.

사방의 벽. 불 꺼진 방. 창을 가린 커튼.

아이는 소현이 할 선택을 잘 알고 있었기에 망설임 없이 폰의 전원을 껐다. 소현은 어리석었다. 다른 모두와 마찬가지였다. 예고된 탈선과 느닷없이 번쩍거리는 TV 불빛. 어떤 뻔한 비극은 누구나 막을 수 있을 법한 자리에 기생하며 누구의 손도 타지 않는다. 희고 푸른 TV 스크린의 빛을 얼굴에 드리운 채 아이는 태블릿 PC를 내려다보았다. 그녀가 있는 방은 꽤 어두웠다. 스카이 훅. 카림 압둘 자바의 베스트 플레이.

안 들어갈래?

옆에 있던 친구가 물었다. 아이는 대꾸하지 않았다. 작게 기침했다. 태블릿 속 자바가 신들린 듯 공을 던졌다. 공이 골대를 통과하자 선수들이 서로를 부둥켜안았다. 골 세리머니가 이어졌다. 고개 숙인 그녀를 물끄러미 바라보던 친구가 걸치고 있던 점퍼를 벗었다. 소파로 던졌다. 문 닫힌 방으로 걸어갔다.

희미한 소리가 그 안에서 새어 나오고 있었다. 친구들이 내는 소리였다. 그들은 가끔 여기 모여서 다른 사람들을 불렀다. 섹스를 하거나 집에서 받은 용돈을 갖가지 용도로 허비했다. 때로 불려온 사람들은 이곳을 떠나기 전 갖가지 이유로 울곤 했다. 누구도 그들을 위로하지 않았다. 이곳에서 늘 평범한 일들만 벌어지는 것은 아니었기에 당연한 반응인지도 몰랐다.

한두 번쯤, 아이는 울던 사람들 중 일부에게 따로 용돈을 나눠준 적이 있었다. 그것 말고 해 줄 일이 없어서도 그랬지만 다른 감정도 있었다. 그게 무엇인지 그녀는 깊게 생각해 본 적이 없었다. 누가 내게 돌을 던질 수 있을까. 누가 내게 미소를 건넬 수 있을까. 눈먼 의지들은 늘 부서진 채로 문을 두

드렸다. 친구가 방문을 열었다. 비린내가 풍겼다. 한순간 방 안의 목소리가 커졌다가 다시 작아졌다. 벽과 문에 갇혀 둔탁해졌다. 어항에서 나오는 소리처럼 들렸다. 갈증이 느껴지고, 약간 현기증이 났다. 아이는 코로 천천히 숨을 들이쉬었다. 기침했다.

시간이 가도 이 관계가 계속된다면 방 안의 몇몇은 평생 자식을 낳지 못하게 될지도 모른다. 탄생하는 부산물은 없을 것이다. 결함의 연쇄. 스카이 훅. 포물선을 그리는 공이 아이의 눈에 담겼다. 흔들리는 골대의 림. 그녀는 무엇도 하고 싶지 않아 하는 자신을 자각했고, 납득했다. 흔한 결과였다.

작가의 말

사물 자체가 언어처럼 수수께끼를 감추고 드러내기 때문에, 이와 동시에 말이 해독해야 할 사물로 제시되기 때문에, 언어는 세계 속에 자리하고 세계의 일부분을 이룬다.*

말이 말해지는 바와 닮아, 세계와 말이 닮아 있던 과거를 이야기하는 푸코의 문장을 여러 번 읽은 적이 있다. 그때의 말은 세계를 반영한 사물처럼 느껴졌다. 서사라는 조각을 그런 사물처럼 바라보고 싶었다. 사물에 대한 생각은 사물성에 대한 비약을 동반했다. 소설을 쓰는 동안 몇 개의 조각을 통

---

* 미셸 푸코, 이규현 옮김, 『말과 사물』(민음사, 2012), 70쪽.

해 집약된 프랙탈 도형을 떠올렸다. 파편이라는 상징이 이 세기에서 의미하는 바는 처참하다. 모든 것의 의미를 수렴하는 진리라는 먼 소실점을 설정하여 세계를 바라보는 일의 가능 여부를 확신할 수 없으며 그러한 일에 대한 믿음이 불투명해진 세기를 살아가고 있는 셈이다. 그러나 한편으로는 파편들을 연결하여 자취를 감춘 것처럼 보이던 과거의 유적을 다시 추적하고 방향성을 탐지하는 작업을 도모하는 것이 가장 동시대적인 흐름처럼 느껴지는 것도 사실이다. 전부나 모두에 대해 이야기하는 것이 불가능하다는 인식은 전부나 모두를 각자로 분리시키고, 분리된 것들은 현재의 의문에 답할 수 없기 때문이다.

결국 나는 혼란 속에 있다. 어느 것에 대해서도 말하기 어렵지만 이해하려고 노력을……. 불완전이란 그 자체로 의문을 내포하고, 어쩌면 의문은 불완전이 행할 수 있는 가장 적절한 형태의 표현인지도 모른다. 나는 불완전하다. 『공기 도미노』 또한 그럴 것이다.

도미노 세우기

허희정(소설가)

도미노는 직사각형의 타일을 연달아 세워 그것을 쓰러뜨리는 놀이를 뜻하기도 하고, 이 놀이를 하기 위해 필요한 타일을 뜻하기도 한다. 그러니까, 도미노를 세우기 위해서는 도미노가 필요하다. 네모지고 작은 타일들. 그들 "모두에게는 각자의 몫"이 있다. "일정한 간격으로 배열된 서로 다른 조각들". 완전히 같은 모양의 도미노는 존재하지 않는다. 색이 다르고, 점의 개수가 다른 도미노들. 가공된 표면 어딘가에는 유격(裕隔)이 존재하고 오차가 발생한다. 그리고 모든 도미노 타일이 한 방향으로만 쓰러지는 것은 아니다.

회전하고 뒤집히는, 손안의 무력한 장난감. 나는 이 소설의 초고를 누구보다도 먼저 읽었고, 우리는 뜨거운 여름 햇빛이 쏟아지는 통창을 왼편에 둔 채, 신촌의 한옥 카페에서 얼음이 서걱거리는 빙수를 먹었다. 4인분의 찻잔이 놓이는 자리. 우리는 각자의 이유로 혼란스러운 시기를 보내고 있었고, 그 혼란에 대해서 이야기했으며, 행방을 알 수 없는 옛 동아리 회원에 대해서, 아직 정해지지 않은 거취에 대해서, 아직 엮이지 않은 책에 대해서 이야기했다. 이것은 그때 나눈, 그리고 나누지 않은 이야기들에 대한 기록이다.

두 벌의 도미노 세트가 있다. 윤복자의 가족은 일반적으로 생각할 수 있는 가족 구성원이 거의 결여되어 있다. 소설에서도 언급되는 바와 같이, 윤복자의 딸 내외, 즉 김연주의 부모는 일찍 사망하였고, 손녀인 김연주는 초등학교 시절부터 조모인 윤복자의 손에 길러졌다. 반면에 백현석의 가족은 일반적인 가족 구성원으로 간주되는 존재들 — 조부, 부모, 자식 — 이 전부 존재하지만, 그들의 집단은 가족으로서 전혀 기능하지 못한다. 『공기 도미노』는 김연주가 이들의 불구 상태를 목격하면서 시작되는 소설이라고 할 수 있다.

1장에서 소현은 백현석 가정의 불안정함을 전면에 소환하는 존재처럼 보인다. 김연주가 백현석의 집을 방문했을 때, 그녀는 초면인 김연주 앞에서 백원균과의 갈등을 여과 없이 드러내고, 더 나아가 백현석과 대립각을 세운다. 이를 애써 무마하려는, 혹은 무시하려는 백현석과 백원균 앞에서 맨발을 커피 테이블에 올려놓는 도발적인 행동을 취하는 것 역시 소현이다. 이러한 그녀의 행위는 "지치지도 않고 불안을 지속시키려는" 것처럼 보인다.

이러한 상황에서 최초의 목적, 즉 윤복자와의 동거를 위해 이사를 나오는 백현석을 데리고 나오는 임무를 달성하지 못한 김연주에게 윤복자의 질책이 쏟아진다. 김연주의 입을 통해 백현석의 집에서 벌어진 일련의 상황들이 전달되지만 ─ 다툼, 욕설, 손찌검, 눈물, 아이 ─ 이는 윤복자의 상황 판단에 어떤 영향도 끼치지 못한다. 윤복자는 상황이 자신의 의지대로 돌아가지 않은 근본적인 원인을 김연주의 기질적인 측면에서 찾는다.

그런데, 윤복자와 김연주는 조손 관계인 동시에, 주인과 세입자 관계를 맺고 있다. 윤복자는 어린 나이에 부모를 잃은 김연주를 거두어 길렀을 뿐만 아니라 작중에서 그녀가 운영하는 카페의 부지를 제공한다. 그리고 김연주가 운영하는, 정원이 딸린 3층 카페에는 층마다 윤복자가 오랜 시간을 들여 그린 그림들이 잔뜩 쌓여 있다. 김연주는 윤복자와 윤복자의 파편들에 둘러싸여 있고, 윤복자의 막연한 보호와 질책은 따끔따끔하게 그녀를 찌른다. 그녀는 "어린애같이", 미완성인 상태로, 교정과 보호의 대상으로 머물러 있으며, 그 상황을 벗어나기 위한 어떤 적극적인 시도도 하지 않는다.

김연주는 체념하기 위해 만들어진 존재이기라도 한 것처럼 체념한다. 그녀는 자신이 고용한 아르바이트생으로부터 "존재감이 희박한", "무기력한 인상"의 소유자라는 평가를 받으며, 또 다른 아르바이트생으로부터는 "자기 뜻 한 번 제대로 펼쳐 보지 못한 가엾은 인간"이라는 평을 받는다. 불행한, 혹은 불운한 상황 앞에서 그녀는 "무력하게 불행해지는 자신을 타인처럼 무시"하는 방식으로 상황을 견뎌 나가고, 그것은 입술의 살점을 피가 나도록 깨무는 행위로 나타난다. 백현석의 집 거실에서 그들 가정의 갈등에 휘말린 순간에도 마찬가지이다. 김연주는 다만, 소현을 비롯한 백현석 가정의 인간들을 "수치심이 없는 가족"이라고 평하는 데 그칠 뿐이다.

소현의 속내는 6장에 이르러서야 드러난다. 언뜻 무례해 보이는 그녀의 행동 이면에는 남편의 외도가, "당신들", 그러니까 백원균이나 백현석과는 다르게 살아야 한다는 어떤 결심이, 그리고 자신은 그들과 같은 부류의 인간이 아니라는 것을 보여 주고 싶어 하는 강한 의지가 있다. 그리고 소현은 그것을 문장으로 내뱉기를 망설이지 않고, 내뱉어진 문장을 지탱하기 위해 스스로를 의무감에 종속시킨다. 그것이 그녀의 시야를 가리는 한이 있더라도 말이다. 그녀의 의무감은 1장과 6장에서 각기 다른 방식으로 나타난다.

반면에, 윤복자에게서는 소현이 지는 것과 같은 강력한 동인은 존재하지 않는 것 같다. 계속해서 문장을 말하고, 스스로에게 의무감을 상기해야 하는 소현과는 달리 윤복자는 마치 무한동력기관이 달린 기계처럼 움직인다. 그리고 그 무한동력기관은 어떤 공리로 이루어져 있는 것처럼 보인다. 그리고 그 공리는 단연, (윤복자의 관점에서 보면) 나약한 김연주를 돌보고 모두에게 현명한 방향으로 그녀를 이끌어 가는 것이다.

어떤 의미에서 보면 그녀들은 모두 달라야 한다는 필요성, 내지는 다르고 싶다는 내적 동기를 지닌 인물들이라고 할 수 있다. 윤복자. "현재를 믿은" 완고한 선택의 누적. 백현석이나 백원균과는 다르고 싶어 하는 소현과, 그녀의 의무감, 혹은 의지. 그것을 담은 문장들. 그리고 바뀌어야 한다는 의무감을 지니고 있지만, 그것을 괴롭게 여기는 김연주. 그녀의 달성되지 못한 목표, 혹은 체념.『공기 도미노』는 1장에서 6장에 걸쳐 이 세 명의 여성들이 펼쳐 놓은 삼각형이, 안과 밖에 놓인 도미노들과, 그들의 선택에 의해 뒤집히고, 일그러지고, 다시 제 상태로 되돌아갈 듯 되돌아가지 않을 듯 움직이면서 전진하는 소설이라고 할 수 있을 것이다.

그리고 더 많은 도미노들이 있다. 삼각형의 안과 밖에 세워진, 자신의 몫을 가지고 배열된 도미노들.『공기 도미노』의 3장과 5장은 그 삼각형 안팎의 도미노들을 보여 준다. 1장에서 백현석은 원균과 소현에 대해 "감사할 줄도 모르고 불행하게

만 살려고 드는 것들"이라 표현한다. 그리고 3장에서, 백현석과 백원균 부부, 또 백원균과 소현의 갈등 이면에는 대학교수인 백현석이 요가 강사인 해정과 맺고 있는 내연 관계가 있음이 밝혀진다. 백원균과 해정은 연휴 기간 동안 필리핀 여행을 계획하고 있었으나, 백원균 명의로 예약된 항공권이 소현에게 발견되면서 싸움이 벌어지고, 백현석과 김연주가 그 광경을 목격하게 된 것이다. 3장은 이러한 사건이 지나간 이후, 백원균과 해정, 그리고 백현석 가정의 가사 도우미인 김손녀의 이야기를 다루고 있다.

필리핀에서 돌아와 집으로 가는 열차 안에서, 해정은 백원균과 김손녀에게 번갈아 가면서 전화를 받는다. 그러나 해정에게 있어서 백원균도 김손녀도 달갑지 않은 존재이기는 매한가지이다. 해정은 전화벨 소리에 줄곧 신경을 쓰면서도, 그것을 애써 무시한다. 그리고 통증. 불편함. 이유를 알 수 없는 예감들.

해정이 어떤 이유로 백원균과의 관계를 지속하는지, 또 어떤 이유로 백원균의 연락을 무시하는지는 밝혀지지 않았으나, 김손녀와의 관계를 회피하고자 하는 이유는 비교적 명백하게 드러나 있다. 전화벨 소리와 함께 찾아오는 불안과 통증, 과거와 현재의, 더 이상 수정할 수 없는 일들. 그녀의 힘으로는 어떻게 할 수 없는 문제들이 다가오고 있다는 예감.

그 예감 앞에서 해정에게 주어진 선택지는 없다. 김손녀가
그녀를 원룸으로 끌고 가 협박하기를 바란다면, 그리고 그렇
게 한다면, 그녀는 그에 응할 수밖에 없는 것이다. 그리고 어
두컴컴하게 먹구름이 드리운 하늘이 보이는, 한강 지류의 아
파트. 김손녀를 몰아내기 위해서, 해정은 백원균과 김손녀의
고용—피고용 관계, 혹은 경제적 격차를 정확히, 필요한 만
큼만 이용한다.

김손녀가 돌아간 후, 이어지는 통화에서 백원균은 해정에
게 반복해서 질문한다. 무슨 말을 하면 좋겠니. 어떻게 사과
하면 좋을까. 그러나 그것은 사실상 아무것도 의미하지 않는
다. 해정과 김손녀의 갈등 상황에서 그가 할 수 있는 것은 아
무것도 없으며, 동시에 그는 모든 것을 할 수 있기도 하다. 그
렇기에 백원균의 질문은 본질적으로 책임 회피이고, 말을 돌
리는 행위이고, 침묵에 가깝다. 그렇게 생각하면, 백원균과의
첫 대면에서 김연주가 받은 "하고 싶은 말이 지나치게 많아져
결국 침묵하기를 택하게 된 것 같은" 인상은 오히려 오해에
가까운 것일지도 모른다.

해정은 생각한다. 어떤 것들에는 눈을 감아야 한다. 그리
고 결국은 김손녀 역시 눈을 감게 될 것이다. 그녀들은 도미
노 사이를 빠져나가지만, 그녀들의 발걸음은 마냥 가볍지 못
하다. 소모품인 여자들의 이야기. 소모품인 도미노들의 이야

기. 도미노가 도미노를 소진하고 있다. 한 번 쓰러진 도미노는 다시 세워지지 않고, 그들에게 선택이란 없다. 선택이라고 믿는 것만이 있을 뿐이다.

5장에서 태영과 진수가 놓인 상황 역시 이와 유사하다. 손바닥만 한 빛이 들어오는 창문이 달린 아파트 화장실. 강진수라는 여자의 삶. 포와 코. 두 마리의 치와와. 마트에 입장할 수 없는 유모차. 개들로부터 유모차를 빼앗을 수는 없지만, 그렇다고 해서 유모차를 그 자리에 두는 것은 진수에게 있어 수치심을 상기시키는 행위이다. 마치 김손녀의 존재가 그 자체로 해정에게 금방이라도 자신을 박제시켜 버릴 것 같은 과거의 순간들을 떠올리게 하는 것과도 같은 이치인 것이다.

그러나 태영은 진수의 반응을 보며 짜증을 느끼고, 여차하면 진수의 발언, 행동, 생각, 모든 것이 불행과 우울에 스스로를 중독시키고자 하는 행위임을 폭로하고자 한다. 그것은 태영이 어떤 날카로운 통찰을 지니고 있기 때문도 아니고, 자기 연민을 수치스럽게 여기기 때문도 아니다. 오히려 태영은 스스로가 "약자들의 놀이"에 휘말려 있다는 사실에 일말의 쾌감을 느끼는 것처럼 보인다.

문장들. 마트 여직원의 말. 진수의 말. 고객관리팀장의 말. 태영의 말. 그 말들이 섞이고, 분리되는 것. 그 말들이 정말로 진실인지 아닌지는 중요하지 않아 보인다. 오히려 그 말들을 사실로, 진실로 만들기 위해 어떤 선택을 할 수 있는지가 중요한 문제인 것처럼 보인다. 그렇기에 진수는 끊임없이 유모차에 대해 말하고, 태영은 유모차에 대해 말하기를 꺼린다. 그러나 그들에게 주어진 선택지들이 정말로 선택지이긴 한 걸까. "약자"라는 단어는 태영을 흥분시키지만, 태영이 생각하는 "약자"라는 단어는 일반적으로 생각하는 경제적 약자나 사회적 약자를 의미하는 것처럼 보이지는 않는다. 오히려 그것은 각자의 입장과 태도, 혹은 입장과 태도의 부재가 축조한 판 위에서 온전히 자유로운 선택을 보장받을 수 없는, 그러나 무엇이든지 선택을 할 수밖에 없는, 아니면 선택을 한다고 믿을 수밖에 없는 상태에 있는 사람들의 모습 그 자체를 의미하는 것처럼 보인다. 도미노가 세워진 곳, 도미노가 쓰러지는 곳.

불행이, 불운이, 그리고 비극이 도미노처럼 배열될 때. 배열된 도미노를 쓰러지게 만드는 것은 외부의 충격이다. 그리고 거리와 폭이, 충격이 전달될 수 있을 만큼의 적절한 거리와 폭이 필요하다. 그것이 전달될 때 비로소 그려지는, 아주 작은 부분을 훼손함으로써 드러나는 그림. 그리고 비극을 구성하는 사건들은 평범한 감정들의 존재, 혹은 부재로 인해 조형된다. 말하지 않기 때문에, 혹은 행동하지 않기 때문에. 선택이, 선택할 수 없음이 도미노를 제자리에 세우고, 쓰러뜨리고, 누적시킨다.

이를테면, 한 명의 노인이 있다. 그는 처음부터 노인은 아니었을 것이다. 그는 전쟁과 정변, IMF를 견디고 살아남았지만, 그의 삶에는 충분한 고생이 부재하였고, 그는 부유한 노인이 된다. 그의 아들이 성장하고, 결혼을 하고, 아들의 삶은 그가 개입할 수 없는 방향으로 흘러간다. 그리고 또 한 명의 노인이 있다. 그녀의 딸 내외는 어린 딸을 남겨 놓은 채 요절하고, 그녀는 어린 손녀를 거두어 기른다. 그리고 유동 자산과 부동산. 그 과정에서 반복되는, 의심할 수 없는, 번복되지 않는 완고한 선택들.

김연주는 작품의 초반부터 차를 마시며 등장한다. 보온병에 든 뜨거운 차, 유달리 낮은 체온. 한여름의 햇빛, 그리고 그 빛이 차단된 공간. 네 잔의 찻잔. 찻잔과 찻잔 사이, 문장의 모서리가 날카롭게 부딪치는 소리가 난다. 갈등의 틈새를 비집고 드러나는 백현석의 내면. 아들의 삶에서 밀려 난 아버지. 그리고, 그곳에 존재하기도 하고 부재하기도 하는 수치심. 당혹스러워하는 연주 앞에서 백현석은 물을 가지고 올 것을 명령한다. 그리고 그것은 소현에 의해 번복된다. 네 개의 찻잔. 사소하고 지속적인 번복. 차라리 연극적이기까지 한 갈등의 현장에서 김연주는 퇴장을 선택하지만, 그녀의 퇴장은 우리의 눈에 보이지 않는다.

그리고 이미 잘 알고 있듯이, 김연주의 선택은 윤복자를 설득하지 못한다. 그것은 윤복자가 김연주의 삶의 한 부분을 틀어쥐고 놓지 않으려 하기 때문이다. 그녀의 완고함. 윤복자, 그리고 병식이 각기 다른 방향에서 김연주를 다그친다. 옳고 그름의 문제. 그러나 그녀는 그것들에 대해 확신할 수가 없다. 그들이 익숙한 감정에 스스로를 침몰시킬 때, 균열은 더욱더 넓어진다. 그리고 그사이를 비집고 들어오는 오토바이. 쏟아지는 참외.

　김연주가 사망하고, 백현석 역시 사망한다. 소현은 백현석의 사망 이후, 김연주가 한때 그들 가족에 대해 했던 것과 비슷한 평가를 한다. 이기적인, 자기 자신의 문제에만 관심이 있는, 그래서 부끄럽기까지 한 사람들. 한 번 쓰러진 도미노는 누군가 다시 세우기 전까지는 엎어진 채로 있을 뿐이다. 소현은 "이 세상에 신이 있어서 지금 당신들 사는 꼴을 보면 뭐라고 하겠어."라고 질문한다. 그러나 소현이 그런 질문을 던지는 바로 그 순간에도 "어떤 뻔한 비극은 누구나 막을 수 있을 법한 자리에 기생하며 누구의 손도 타지 않는다."

　어둠 속에서 시작한 이야기는 어둠 속에서 끝을 맺는다. 창문의 역할을 하지 못하는 창문이 달린 백현석의 집. 그리고 새벽빛이 들어오는 윤복자 소유의 카페. 여름의 날카롭고 뜨거운 햇빛이 쏟아지는 교회. 불을 켜두지 않은 어두운 카페, 아니, 카페였던 장소. 그리고 어딘지 알 수도 없는 어두운

방. 그리고 그곳에서 아이는 농구 경기를 시청한다.

아이와 소현의 관계는 어떤 점에서는 윤복자와 김연주의 관계를 뒤집어 놓은 듯한 양상을 하고 있다. 아무것도 적극적으로 하지 못하는 김연주를 이용하는 윤복자와, 아무것도 적극적으로 하고 싶어 하지 않아 함으로써 소현을 이용하는 아이의 모습. 어떤 의미에서 김연주와 소현의 딸은 비슷하게 건조하고, 비슷하게 싸늘하다.

그러나 김연주가 도미노가 놓이는 판의 한 축을 담당하고 있다면, 소현의 딸은 그 땅 위에 세워진 도미노 타일들이 제각기 다른 방향으로, 그러니까 의도되거나 의도되지 않은 방향으로 쓰러지는 것을 바라볼 뿐이다. 그녀가 도미노를 바라본다. 도미노가 그녀를 바라본다. 도미노가, 도미노를 바라보고 있다. 손안의 무력한 장난감. 도미노는 세워지고, 배열되고, 쓰러지고, 다시 세워진다.

어둠 속에서 다시 도미노가 배열될 것이다. 그러나 그 모양은 아직 잘 보이지 않는다. 어둠 속의 희미한 윤곽. 도미노가 잘 보이지 않는 것은 사위가 어둡기 때문이 아니다. 그것은 아직은, 아직까지는 어떤 충격도 가해지지 않았기 때문이다. 그러나 그것은 내부에 몸을 숨기고 있다. "불길할 정도로 무표정"한 얼굴. 도미노는 언제나와 같은 방식으로 무너질 것이다.

몇 달 전, 우리는 연희동에서 만나 저녁 식사를 했다. 겨울의 초입이었다. 통창으로 쏟아지는 햇살 대신, 테이블을 감싸 듯이 뻗어 나온 곡면의 벽에 기댄 채로, 우리는 앞으로 바뀌게 될 것들에 대해서, 만들어질 책에 대해서, 다시 써야 하는 소설과 새로 써야 하는 글에 대해서 이야기했다. 긴 겨울이 될 예정이었고, 우리는 머플러에 얼굴을 묻고 어깨를 잔뜩 움 츠린 채로 버스 정류장까지 걸었다. 버스 정류장에서 버스를 기다리는데, 작고 단단한 조각이 발에 밟히는 것이 느껴졌다. 엄지손가락만 한 도미노 타일이 그곳에 떨어져 있었다.

오늘의
젊은 작가
15

공기 도미노
최영건 장편소설

1판 1쇄 펴냄 2017년 4월 14일
1판 4쇄 펴냄 2020년 11월 20일

지은이 최영건
발행인 박근섭 · 박상준
펴낸곳 (주)민음사

출판등록 1966. 5. 19. 제16-490호
주소 서울시 강남구 도산대로1길 62(신사동)
　　　강남출판문화센터 5층(06027)
대표전화 02-515-2000 | 팩시밀리 02-515-2007
홈페이지 www.minumsa.com

ⓒ최영건, 2017. Printed in Seoul, Korea

ISBN 978-89-374-7315-9 (04810)
ISBN 978-89-374-7300-5 (세트)